An Spealadóir

AN SPEALADÓIR POLANNACH

ROGHA DÁNTA LE PETER HUCHEL

AISTRIÚCHÁIN LE GABRIEL ROSENSTOCK

Réamhrá le Andrea Nic Thaidhg

Léaráidí le Bernd Rosenheim

COMHAR TEORANTA

BAILE ÁTHA CLIATH

An Chéad Chló 1994
Téacs Gearmáinise:
   Gedichte © R. Piper & Co. Verlag GmbH,
   München 1948
   Chausseen Chausseen © S. Fischer Verlag GmbH,
   Frankfurt am Main 1963
   Gezählte Tage © Suhrkamp Verlag GmbH,
   Frankfurt am Main 1972
   Die Neunte Stunde © Suhrkamp Verlag GmbH,
   Frankfurt am Main 1979
Téacs Gaeilge
   Na haistriúcháin © Gabriel Rosenstock 1994
Saothair ealaíne © Bernd Rosenheim

ISBN   0 9518056 8 1

ADMHÁLACHA

Táimid fíorbhuíoch de Choimisiún an Aontais Eorpaigh a thug cabhair airgid dúinn an leabhar seo a fhoilsiú faoin scéim phíolótach aistriúcháin agus den Chomhairle Ealaíon a riarann an scéim in Éirinn.

Táimid fíorbhuíoch de na tithe foilsitheoireachta thuasluaite: R. Piper, S. Fischer agus Suhrkamp, ar leo na cóipchirt, as cead a thabhairt dúinn saothar Huchel a úsáid anseo.

Eagarthóir: Seán Ó Cearnaigh
Clóchur: Beití Mhic Fhionnlaoich, Caoilfhionn Nic Pháidín

CLÁR

RÉAMHRÁ le Andrea Nic Thaidhg   *i - xxvii*

as *GEDICHTE* (1948)
Der Polnische Schnitter
  An spealadóir Polannach   3
Sommer
  Samhradh   7

as *CHAUSSEEN CHAUSSEEN* (1963)
Das Zeichen
  An comhartha   11
Landschaft hinter Warschau
  Tírdhreach laistiar de Vársa   17
Thrakien
  An Tráicia   19
Monterosso
  Monterosso   21
Unter der Kiefer
  Faoi bhun na giúise   21
Auffliegende Schwäne
  Ealaí ag éirí   27
Winterquartier
  Billéad Geimhridh   29
Die Garten des Theophrast
  Gairdín Theophrast   31
Traum im Tollereisen
  Brionglóid sa Ghaiste Cruach   31
Psalm
  Salm   33

as *GEZÄHLTE TAGE* (1972)

Antwort
  Freagra *35*
Exil
  Deoraíocht *37*
Die Gaukler sind fort
  Bhailigh na lámhchleasaithe leo *39*
Venedig im Regen
  An Veinéis faoin mbáisteach *41*
Gezählte Tage
  Laethanta atá comhairthe *43*
Die Wasseramsel
  An gabha uisce *45*
Auf den Tod von V.W.
  Ar bhás V.W. *47*
Unter der Blanken Hacke des Monds
  Faoi mhatóg ghlé na gealaí *51*
April '63
  Aibreán '63 *53*
Meinungen
  Tuairimí *55*
Pe-Lo-Thien
  Pé-Ló-Tien *57*
Die Engel
  Na haingil *61*
An Tage meis fortgehns
  Ar lá seo m'imeachta *65*
Hubertsweg
  Sráid Hubert *67*

as *DIE NEUNTE STUNDE* (1979)

Pfeilspitze des Ada
  Rinn saighde Ada *71*
Melpomene
  Melpomene *73*

Aristeas I
  Airistéas I *77*
Aristeas II
  Airistéas II *79*
Wintermorgen in Irland
  Maidin gheimhridh in Éirinn *83*
In Memoriam Günter Eich
  In Memoriam Günter Eich *87*
Friede
  Síocháin *87*
Blick aus dem Winterfenster
  Radharc as fuinneog an gheimhridh *91*
Die neunte stunde
  An naoú huair *93*
Die Katze
  An Cat *93*
Entzauberung
  Geisbhriseadh *97*
Ein Toscaner
  Tuscánach *101*
Bretonischer Klostergarten
  Gairdín mainistreach sa Bhriotáin *101*
Im Kalmusgeruch
  I gcumhracht ghiolcaí *103*
Nachts
  Istoíche *103*

CLÁR NA LÉARÁIDÍ le Bernd Rosenheim *105*

Das Wort *Is é an briathar*
ist die Fähre *an faradh*

Tá roinnt leabhar dátheangach ag teacht amach i ndiaidh a chéile a thugann deis do phobal léitheoireachta na Gaeilge saibhreas litríochta na Gearmáinise a mheas i gceart. Leis an gcnuasach seo *An Spealadóir Polannach* cuirtear rogha dánta de chuid file ó Phoblacht Dhaonlathach na Gearmáine os comhair lucht léite na Gaeilge den chéad uair.

Bhí stair na Gearmáine an-drámatúil ar fad le linn shaolré Peter Huchel (1903-1981) agus, gan amhras, tá sí drámatúil arís ó dheireadh na n-ochtóidí i leith.

Caithimis súil ar dtús ar stair na Gearmáine san aois seo chun cúlra Huchel a thuiscint níos fearr.

Cuireadh roinnt de dhrochshíolta na haoise seo cheana féin, ó thaobh na polaitíochta de, sa naoú haois déag. Ní raibh traidisiún an daonlathais forbartha ar chor ar bith sa tír roimh 1919. Ní raibh mórán cumhachta fiú ag an bParlaimint i ré Bismarck agus an Impire Uilliam II. D'aon ghnó coinníodh an chumhacht ag an Impire, ag an Seansailéir, ag roinnt Airí, ag ceannairí míleata agus ag státseirbhísigh shinsearacha. Sa chuid is mó de, ní raibh sa Pharlaimint ach deis cainte do na teachtaí.

Mar sin, ní raibh sé deacair billí a bhrú tríd an bParlaimint, fiú má bhí móramh ina gcoinne ar dtús. Ar an taobh eile de, bhí an córas vótála mídhaonlathach: ó thaobh éifeacht vótála de, ní raibh ach beagán cumhachta ag an gcosmhuintir agus cumhacht an-mhór ag na *Junker*, na tiarnaí talún móra ón Oir-Phrúis. Freisin bhí roinnt cumhachta ag an meánaicme liobrálach.

Trí chumhacht eacnamaíoch agus pholaitíochta na Prúise, fuair an Ghearmáin an lámh in uachtar ar an Ostair sa choimhlint a bhí eatarthu faoi cé acu a bheadh i gceannas ar an nGearmáin aontaithe. Bhí an bua ag an bPrúis ar an Ostair i gcogadh Bismarck i gcoinne na hOstaire sa bhliain 1866 agus, as sin amach, bhí sé soiléir go mbeadh an lámh in uachtar ag na Gearmánaigh.

Bliain sular rugadh Huchel athnuadh an conradh idir an Ghearmáin, an Ostair-Ungáir agus an Iodáil. Rinne an Iodáil conradh síochána leis an bhFrainc agus gheall an Iodáil go bhfanfadh sí neodrach dá dtarlódh cogadh idir an Fhrainc agus an Ghearmáin. I 1904, is é sin sa bhliain i ndiaidh bhreith Huchel, bhí *entente cordiale* idir an Fhrainc agus an Bhreatain. Tá sé soiléir ó na conarthaí sin go léir go raibh na tíortha éagsúla den tuairim go mbeadh cogadh mór ann sara fada.

Ó thaobh na nGearmánach de, bhí pearsantacht an Impire Uilliam II thar a bheith tábhachtach sna hullmhúcháin seo agus is cinnte gur chuir a chuid pleananna agus óráidí faitíos ar thíortha eile faoin todhchaí. Thaispeáin sé an mhuinín a bhí aige as féin nuair a lig sé do Bismarck, ailtire an Dara Ríocht, éirí as an Seansailéireacht sa bhliain 1890.

Nuair a tháinig Uilliam i gcumhacht, cheap na Gearmánaigh i gcoitinne go raibh éifeacht agus fuinneamh ar leith ag baint leis. Bhí sé óg agus dathúil de réir faisean an ama. Chuir sé in iúl go mbeadh sé ar son chearta na n-oibrithe agus go mbeadh "cúrsa nua" á stiúradh aige sa Ghearmáin.

Ach le himeacht ama léirigh sé go raibh sé ar son armála agus nach raibh mórán bá aige le tíortha eile. Rinne sé botúin pholaitiúla. Bhí sé soiléir go dtagadh fearg air nuair nach raibh an rialtas sásta le cuid dá pholasaithe. D'éirigh leis i bhfad níos mó cumhachta a thabhairt don chabhlach. Bhí sé neamhchúramach agus é ag labhairt go poiblí. I mí Dheireadh Fómhair 1908 rinne sé agallamh don *Daily Telegraph* a chuir fearg ar a lán saoránach Gearmánach.

Tar éis don Ghearmáin an t-arm a láidriú agus tar éis do na tíortha eile teacht le chéile chun conarthaí síochána a threisiú nó a dhéanamh as an nua, d'fhógair an Ostair-Ungáir cogadh ar an Seirbia, d'fhógair an Ghearmáin cogadh ar an Rúis, Sasana ar an nGearmáin, agus an Ghearmáin ar Shasana sa chéad seachtain de mhí Lúnasa 1914. Diaidh ar ndiaidh tarraingíodh a lán tíortha isteach sa scéal. Cheap Uilliam go raibh an Ghearmáin dosháraithe. Anuas air sin bhí sé cinnte de go raibh na Gearmánaigh ní b' uaisle, ní ba chliste, ní b' éifeachtaí, agus ní ba mhorálta ná na náisiúin eile. Is léir go raibh tuairimí réamhfhaisisteacha ag Uilliam.

Nuair a d'fhógair an Ostair cogadh ar an Seirbia mar gheall ar fheallmharú an Ard-Diúic Ferdinand (an chúis ba lú a bhí leis an gcogadh ar shlí) thum Uilliam an Ghearmáin i gcogadh an-chostasach. Scriosadh teaghlaigh, fuair dhá mhilliún Gearmánach bás. Cinnte, cheap gach duine i ngach tír go mbeadh an cogadh cosúil le cogaí an naoú haois déag, go mbeadh sé thart go luath, b'fhéidir roimh Nollaig 1914.

Tar éis don Ghearmáin an cogadh a chailliúint sa bhliain 1918, chuir na Comhghuaillithe an milleán iomlán ar an nGearmáin. Bhí siad chomh dian sin uirthi nár cneasaíodh na cneácha anama a d'fhulaing na Gearmánaigh roimh thús an Dara Cogadh Domhanda.

Tugadh masla i ndiaidh masla don Ghearmáin faoi Chonradh Versailles i 1919. Athaontaíodh an Pholainn agus cuireadh an Iar-Phrúis, Posen agus an tSiléis léi. Rinneadh Saorchathair de Danzig faoi Chonradh na Náisiún, rinneadh An Bealach Polannach idir an Oir-Phrúis agus an Ghearmáin. Fuair an Fhrainc Alsáis-Lorraine ar ais ón nGearmáin agus cuireadh cosc ar aon aontú idir an Ghearmáin agus an Ostair. Cuireadh srian ar arm na Gearmáine; níor ceadaíodh di níos mó ná 100,000 saighdiúir a bheith aici (i ndiaidh an chéad chogaidh tháinig 800,000 príosúnach cogaidh ar ais chuig an tír), ná arm a choinneáil ar bhruach thiar na Réine a bhí faoi airm na gComhghuaillithe le roinnt blianta roimhe sin. Níor chuala na Gearmánaigh cé chomh mór agus a bheadh na fiacha cogaidh a bheadh le híoc acu go dtí 1921 agus nuair a chuala, chuir sé déistin orthu.

Thug Uilliam suas an choróin agus chuaigh sé ar teitheadh go dtí an Ísiltír sa bhliain 1918 agus bhí achar gearr den daonlathas sa Ghearmáin idir 1919 agus 1933 faoi Phoblacht Weimar. Chomh maith leis sin, bhris réabhlóid amach ar feadh tamaill sa Ghearmáin sa bhliain 1918 ach ar deireadh cuireadh na réabhlóidithe faoi smacht.

Thapaigh an Fhrainc an deis an Ghearmáin a chur faoi smacht chomh déanach leis an mbliain 1923, nuair a mháirseáil fórsaí na Fraince isteach i nDúiche na Rúire toisc go raibh na Gearmánaigh déanach ag seachadadh guail agus adhmaid. I samhradh na bliana sin bhí 100,000 trúpaí Francacha agus Beilgeacha sa cheantar sin chun na cúrsaí sin a "stiúradh", mar a thug an Fhrainc air. Stop na Gearmánaigh an táirgeadh agus rinneadh damáiste do chúrsaí eacnamaíocha na tíre. Ní raibh aon dul as ach an t-airgead a dhíluacháil. Tháinig ardú ar phraghsanna agus theip ar fhéinmhuinín na nGearmánach. Chuaigh a lán acu ar stailc agus thóg cuid acu círéibeacha sna sráideanna.

I gcúrsaí cultúrtha bhí an phríomhchathair, Beirlín, chun tosaigh san Eoraip sna fichidí, ach ón taobh polaitiúil de bhí an Ghearmáin thar a bheith guagach. Bhí an rialtas agus cúrsaí eacnamaíocha i síorchruachás. Faoi dheireadh na bhfichidí bhí sé soiléir go raibh gá le hathrú bunúsach, ach ní raibh páirtí ar bith éifeachtach go leor chun smacht a fháil ar chúrsaí na tíre. Bhí an eite dheis míshásta le meath morálta agus sóisialta na tíre sna fichidí agus bhí an eite chlé míshásta le leatrom na sochaí nua-aimseartha caipitlí.

Is cinnte nach raibh sé deacair ar Hitler agus a chomhghleacaithe greim a fháil ar an gcumhacht trí ghliceas agus cleasa polaitiúla, agus vótaí a fháil trí gheallúintí a thabhairt do na Gearmánaigh faoi nithe ba thábhachtach leo.

Rinne Hitler iarracht ar é féin a chur chun cinn mar chomharba ar Fheardorcha II na Prúise (i gcumhacht 1740-1786) agus bhí sé ag iarraidh creidiúna dó féin toisc go bhfuair sé tacaíocht ó Hindenburg, Uachtarán na Poblachta.

Is fiú a lua, b'fhéidir, go ndeachaigh cuid de na gnéithe ab uaisle agus cuid de na tréithe ba ghránna sa traidisiún Gearmánach isteach sa choire sin sna tríochaidí agus sna daichidí — mar shampla, bá an Ghearmánaigh leis an ord agus leis an eagar agus an claonadh atá aige a chuid dualgas a chomhlíonadh (caracatúr uafáis is ea é seo nuair a fheictear é ag treorú na milliún chun báis sna campaí géibhinn).

Fuair an Ghearmáin smacht ar na tíortha seo a leanas: an Pholainn, an Iorua, an Ísíltír, an Bheilg, an Fhrainc, an Iúgslaiv agus an Ghréig. Bhrúigh siad ar aghaidh chomh fada le Moscó san Aontas Sóivéadach. Bhí arm san Afraic acu faoi stiúir an Ghinearáil Rommel agus d'éirigh leo Canáil Shuais a chur faoi bhrú ansin.

Tá sliocht suimiúil ag Brecht ina *Arbeitsjournal (Dialann Oibre) 1938-1942* ina gcuireann sé síos ar scannáin fhaisnéise de chuid Kline a thaispeáin Kline féin dó. Rinne na scannáin cur síos ar chúrsaí sa tSeicslóvaic, sa Spáinn, agus i Sasana. Ghlac Kline grianghraif de na feirmeoirí Polannacha (cinnte bhí spealadóirí ina measc freisin) díreach tar éis don chogadh a bheith fógartha. Taispeánann Kline tancanna ollmhóra na nGearmánach ag teacht isteach sa tír. I radharc eile feicimid na Polannaigh seo ag tochailt uaigheanna beaga lena gcuid lánta beaga agus lena lámha.

Sa bhliain 1942 thosaigh an "réiteach deireanach ar Fhadhb na nGiúdach" — maraíodh le gás iad ina mílte in aon bhabhta amháin. Cuireadh sé mhilliún acu chun báis san iomlán. Ón bpointe seo ar aghaidh níor éirigh chomh maith leis an Ais (an Ghearmáin, an Iodáil agus an tSeapáin) sa chogadh i gcoinne na gComhghuaillithe.

Rinne dream cróga, ina measc Ludwig Beck, an Cunta Stauffenberg agus iar-Mhaor Leipzig, Carl Goerdeler, iarracht ar Adolf Hitler a mharú le buama ar 20 Iúil 1944, ach theip ar an iarracht agus cuireadh lucht na comhcheilge chun báis go brúidiúil. Cuireadh beirt mhac léinn, deartháir agus deirfiúr arb ainm dóibh Scholl, chun báis freisin tar éis dóibh bileoga bolscaireachta i gcoinne an fhaisisteachais a scaipeadh. Chuir corr-eaglaiseach i gcoinne Hitler chomh maith.

Nuair a tháinig na Comhghuaillithe isteach sa Ghearmáin chuir Hitler lámh ina bhás féin ar 30 Aibreán 1945. Ba é a chomharba, an tAimiréal Dönitz, a ghéill do na Comhghuaillithe. Bhí bochtaineacht agus ganntanas ar na Gearmánaigh i ndiaidh an chogaidh nach féidir a shamhlú sa lá atá inniu ann. Bhí teipthe go hiomlán ar shaol eacnamaíoch na tíre. Bhí na cathracha agus na bailte léirscriosta. Leagadh nó rinneadh damáiste don cheathrú cuid de na tithe sa Ghearmáin. Bhí an córas iompair scriosta. Maraíodh 55 milliún duine sa chogadh san iomlán.

Bhí bolscaireacht na Naitsithe chomh cliste sin agus chuaigh sí i bhfeidhm ar na Gearmánaigh chomh mór sin gur shamhlaigh fiú leithéid Günter Grass agus é óg nach raibh an oiread sin cearr leis na Naitsithe go bhfaca sé cad a bhí tar éis titim amach sna campaí géibhinn agus go ndeachaigh sé i dteagmháil le roinnt Daonlathach Sóisialach i ndiaidh an chogaidh. Ó shin i leith tá Günter Grass ar dhuine de na scríbhneoirí is mó a chuireann stair na Gearmáine ar a súile do na Gearmánaigh go mion minic, fiú nuair nach maith leo í a fheiceáil.

Le deireadh an chogaidh tharla an imirce ó na tailte "Gearmánacha" san Oirthear agus d'aistrigh na milliúin anoir. Tosaíodh ar an tír a chur le chéile cloch ar chloch arís sna blianta i ndiaidh 1945. Fógraíodh Poblacht Chónaidhme na Gearmáine agus an Phoblacht Dhaonlathach Ghearmánach araon sa bhliain 1949. Tosaíodh ar cheist an chaidrimh "Gearmánaigh-Gearmánaigh", mar a thug siad féin air, a phlé. Tógadh Balla Bheirlín, an balla i gcoinne an fhaisisteachais, mar a thug na hOirthearaigh air, sa bhliain 1961.

Mar gheall ar ar tharla faoi réim na Naitsithe bhí na Gearmánaigh thar a bheith cúramach agus iad ag dréachtadh bunreachta nua don tír go mbeadh gach saoirse ag an duine aonair ann. Tá mír ann ag rá go bhfuil na cearta céanna ag an mbean agus atá ag an bhfear. Mar chúiteamh ar choireanna an fhaisisteachais sa Ghearmáin, cuireadh alt isteach sa Bhunreacht nua san Iarthar ag geallúint dídine d'aon duine atá ina dhídeanaí polaitiúil ó thír ar bith. Is é seo an t-alt atá ag ligean na milliún eachtrannach isteach sa Ghearmáin sa lá atá inniu ann, mar cuireann a lán acu isteach ar dhídean pholaitiúil agus tógann sé tamall fada chun a fháil amach an bhfuil bunús le hiarratas a dhéantar ar an mbonn seo nó nach bhfuil.

Bhí an tír ina smionagar i 1945 ach rinne na Gearmánaigh, idir Iartharaigh agus Oirthearaigh, atógáil ar an tír go dtí an pointe gurb í an Phoblacht Chónaidhme an tír is láidre san Eoraip ó thaobh na heacnamaíochta de, agus ba í an Phoblacht

Dhaonlathach ba láidre san Oirthear sula ndearnadh an t-athaontú.

Féachaimis anois ar stair litríocht na Gearmáinise san aois seo chun stádas Peter Huchel a shoiléiriú.

Ar feadh caoga bliain sa naoú haois déag, bhí an Réalachas agus an Nádúrachas faiseanta i litríocht na Gearmáinise, ó na caogaidí go dtí deireadh na haoise. Is éard a bhí á lorg ag na Réalaithe agus na Nádúraithe ná an domhan réalach a athchruthú san ealaín ar chaoi a bheadh chomh hinchreidte agus ab fhéidir. Rinne siad cur síos, mar shampla, ar an sochaí san úrscéal Réalach, agus tugadh aird ar chúrsaí nach raibh tábhachtach i rith an Rómánsachais (1798-1835), airgead, obair, cúrsaí pósta, a leithéidí sin. Tugadh aird ar an gcoimhlint idir an duine aonair agus an tsochaí. Rinne na Réalaithe - Fontane, Storm, Meyer, Keller agus Raabe - cur síos ar an saol a chonaic siad timpeall orthu. Bhí an rud céanna déanta ag na húrscéalaithe Béarla (i gcás Shasana) roimh na Gearmánaigh, agus b'fhéidir go raibh sé sin ar cheann de na fáthanna nach bhfuil na scríbhneoirí Gearmánacha seo chomh cáiliúil i ndomhan an Bhéarla agus atá na Réalaithe Sasanacha thar lear. Faoi thionchar Henrik Ibsen chuir scríbhneoirí Nádúracha mar Gerhart Hauptmann síos i ndrámaí tábhachtacha sna hochtóidí agus nóchaidí faoi na gnéithe is uirísle nó is ainnise i saol an duine, mar shampla an andúil, an ciorrú coil, na duáilcí dúchais, agus chuir siad síos ar dhrochshaol na n-oibrithe i saothair cosúil leis an dráma *Die Weber (Na Fíodóirí)* (1893) le Hauptmann. Bhí na Nádúraithe ag iarraidh súile an phobail agus na n-údarás a dhíriú ar dhrochbhail an duine. Bhí siad ag iarraidh cur síos a dhéanamh ar an ngnáthshaol gan aon rian den idéalachas a bhain fós le Réalachas na Gearmáinise.

Ach ag deireadh na haoise laghdaíodh ar shuim na léitheoirí agus na scríbhneoirí sa chineál seo ealaíne, agus tháinig sruthanna eile chun tosaigh. Bhí cuid mhaith den *l'art pour l'art* ag baint le sruth an tSiombalachais nó an Impriseanachais ar feadh roinnt blianta ag deireadh an naoú haois déag. Is iad na hainmneacha mór le rá sa chomhthéacs seo ná Hugo von Hofmannsthal ina óige, Rilke óg, Thomas Mann óg, Heinrich Mann óg, Beer-Hoffmann, Schnitzler agus Stefan George. Bhí suim ag an dream seo san ealaín, sa phróiseas cruthaitheach, agus theastaigh uathu cuntas beacht a thabhairt ar na mothúcháin, is cuma cé chomh casta agus a bheidís. Mar sin baintear casadh as an stíl chun gach athrú mothúcháin a chur in iúl.

D'imigh an sruth sin i léig ansin agus tháinig dearcadh ní ba pholaitiúla chun tosaigh. Rinne Ostarach, Robert Musil, agus Tuaisceartach, Heinrich Mann, cur síos fáidhiúil ar an am a bhí le teacht tar éis 1933 i bhfad roimhe sin ina n-úrscéalta *Die Verwirrungen des Zöglings Tötless (Mearbhlán an Dalta Törless)* (1906) agus *Die Untertan (An Géillsineach)* (a scríobhadh i 1912-14) faoi seach.

Bhí an grúpa Eispreisiúnach thar a bheith láidir idir 1910 agus 1925, san ealaín, i gcúrsaí amharclainne agus sa litríocht. Tháinig borradh iontach faoin litríocht agus san ealaín san am seo. Bhí gach uile shaghas ealaíne den scoth ar fáil i mBeirlín, *cabaret*, cartúin, péintéireacht, dealbhóireacht, drámaíocht, filíocht, úrscéalaíocht. Bhí na hEispreisiúnaithe ag lorg domhain nua agus "duine" nua. Bhí fuinneamh faoi leith ina gcuid litríochta agus ealaíne, agus úsáideann siad stíl fhuinniúil atá roscach go minic. Bhain na daoine seo leanas leis an Eispreisiúnachas: Toller, Werfel, Sternheim, Ernst Barlach, Trakl, F. von Unruh, Wildgans, Hasenklever, Benn, Kornfeld, Kaiser. Thosaigh Brecht ag scríobh faoi thionchar na gluaiseachta seo freisin.

Chuir na hEispreisiúnaithe níos mó spéise sa tsochaí i gcoitinne ná sa duine aonair. Ní raibh an ealaín chomh tábhachtach is a bhí an tsochaí. Bhí siad ag labhairt faoi mheath an tseansaoil agus teacht an tsaoil nua. Bhí uathu brí nua a thabhairt don saol trí dhlúthcheangal a chothú idir daoine. Bhí bráithreachas agus grá do chách tábhachtach, cháin siad meicniú iomarcach an tsaoil nua-aimseartha. Sna drámaí Eispreisiúnacha mar shampla, is beag carachtar a dtugtar ainm agus sloinne dó. De ghnáth ainmnítear as a stádas iad: "An tAthair", "An Iníon". Toisc go bhfuil coimhlint idir an réabhlóidí agus an mheánaicme, bíonn coimhlint na nglún ann freisin agus tagann an mhóitíf athair-mac isteach sna téacsanna seo go minic. Thaispeáin siad freisin an chaoi ar chaith na boic mhóra leis an duine aonair, mar shampla an gnáthshaighdiúir i ndiaidh an Chéad Chogadh Domhanda sa dráma *Hinkemann* (1923) le Ernst Toller. I scríbhinní eile rinne sé cur síos ar an gcoimhlint idir an síochánachas agus an réabhlóideachas san intleachtóir. Bhí baint ag Toller leis an Réabhlóid sa Bhaváir, bhí sé páirteach sa rialtas réabhlóideach ansin, agus chaith sé tamall i bpríosún nuair a cuireadh an Réabhlóid faoi chois.

Bhí cúrsa an Eispreisiúnachais tugtha sa litríocht nuair a thosaigh Peter Huchel ar shlí bheatha a bhaint amach dó féin mar scríbhneoir sa bhliain 1925 ach níor bhain sé leis an ngrúpa seo. Bhí aithne aige ar chuid acu agus ardmheas aige ar a gcuid oibre freisin, go mór mór ar fhilíocht an Ostaraigh, Georg Trakl. Bhí cairdeas idir Huchel agus Franz Theodor Czokor, an drámadóir agus fear amharclainne Eispreisiúnach. Bhí bá ag Huchel leis an dearcadh dearfach a bhí ag na hEispreisiúnaithe faoi leasú na sochaí, ach sna blianta deireanacha d'éirigh sé i bhfad ní ba éadóchasaí faoi chúrsaí an tsaoil.

I ndiaidh an Eispreisiúnachais chaill na húdair i gcoitinne an creideamh daingean a bhí ag na hEispreisiúnaithe go dtiocfadh leigheas ar an scéal agus go mbeadh saol ní b' fhearr ag an duine. Bhain an Chéad Chogadh Domhanda dóchas dá lán daoine. Chonacthas go raibh deireadh le ré ar leith i stair an chine dhaonna. Mar a dúradh cheana bhí mísheasmhacht i gcúrsaí polaitiúla agus eacnamaíochta sa Ghearmáin.

Idir 1925 agus 1950 bhí roinnt mhaith údar ag scríobh faoi dheacrachtaí an duine a bhfuil gach sórt creidimh agus ídé-eolaíochta caillte aige. Scríobh Franz Kafka faoin duine a bheith á fhágáil i mbaol agus aineolach — níl a fhios aige fiú céard iad na contúirtí atá ag bagairt nó na coireanna atá curtha ina leith (*Das Schloss/An Caisleán, Der Prozess/An Triail, Die Verwandlung/An Mheiteamorfóis*). Rinne Robert Musil cur síos ar mheath na hImpireachta Ostaraí agus faoin *condition humaine* ina chuid scéalta agus san úrscéal fíorcháiliúil *Der Mann ohne*

Eigenschaften (An Fear Gan Tréithe). Chreid Musil go raibh coimhlint idir na mothúcháin agus an intleacht agus go gcaithfidh an duine an choimhlint seo a chur de.

Sa tréimhse seo, bhí tionchar ag cuid de na smaointeoirí is mó cáil san fhichiú aois: Einstein, Heisenberg, Freud, Jung agus Heidegger. Sa litríocht bhí tionchar mór ag na heachtrannaigh Marcel Proust agus James Joyce. Bhí an mhonalóg inmheánach agus an sruth coinsiasa ag éirí ní ba choitianta. Scríobh Alfred Döblin úrscéal tábhactach faoi chathair Bheirlín agus saol na n-íseal inti, *Berlin Alexanderplatz (Cearnóg Alexander, Beirlín)* (1929) ag baint úsáide as a lán de na gairis liteartha ar bhain Joyce úsáid astu. Bhain an tOstarach Hermann Broch úsáid as monalóg inmheánach a mhaireann ocht n-uair an chloig san úrscéal *Der Tod des Vergil (Bás Virgil)* (1945). Bhí tábhacht ar leith ag baint freisin le Bert Brecht a tháinig, cosúil le Huchel agus Döblin, faoi thionchar an tsóisialachais. Dar le Brecht bhí gá le coimhthíos san amharclann. Chaithfeadh an dráma coimhthíos a chur ar an lucht féachana chun go mbeadh ar a gcumas féachaint ar an bplota go hoibiachtúil agus go mbainfidís úsáid as an bhféith chriticiúil. Mar sin, bhí sé riachtanach, dar leis, nach ngéillfeadh an lucht féachana do spreabhraídí na réaltachta ar eagla go gcuirfeadh sé sin isteach ar a gcuid oibiachtúlachta.

Tar éis dóibh a bheith ag féachaint ar an dráma ar an ardán go criticiúil, theastaigh ó Bhrecht go rachaidís abhaile leis an dearcadh céanna agus a bhí acu san amharclann agus go bhféachfaidís thart ar an sochaí timpeall orthu agus an oibiachtúlacht chéanna laistiar dá ndearcadh. Sa tslí sin cháinfidís an tsochaí, d'fheicfidís go raibh géargá le hathrú bunúsach sa saol agus d'oibreoidís ar son an athraithe sin. Taobh amuigh de Brecht ní raibh an drámaíocht róthábhachtach sa tréimhse 1925-1950, agus na drámaí a cuireadh ar an árdán faoi na Naitsithe, bhídís an-lag.

Má bhí leithéidí Brecht, Döblin, Fallada, Anna Seghers, Willi Bredel, Huchel, Heinrich Mann agus go leor eile sa tréimhse sin ar an eite chlé, bhí daoine eile ann agus suim mhór acu sa chreideamh. I saothair na n-údar seo, bíonn suim ag an duine ní hamháin sa saol seo ach freisin bíonn sé ag déanamh iarrachta teacht níos cóngaraí do Dhia. Ar na húdair seo tá Elisabeth Langgässer, Jochen Klepper, Eduard Szaper, Reinhold Schneider, Rudolf Alexander Schroeder, Konrad Weiß, agus Wilhelm Bergengruen.

Tháinig Hitler i gcumhacht ar 30 Eanáir 1933. Sara fada bhí rian tubaisteach réim na bhfaisisteach le feiceáil ar an litríocht. In Aibreán na bliana céanna foilsíodh "Liosta Dubh" a chuir cosc foilsitheoireachta ar cheithre údar is daichead. Tar éis an *Anschluß* sa bhliain 1938 cuireadh na rialacha céanna i bhfeidhm san Ostair. Nuair a bhí cosc curtha ar na scríbhneoirí maithe agus nuair a bhí a lán acu tar éis teitheadh thar lear, tháinig cuid mhaith drochscríbhneoirí chun tosaigh sa Ghearmáin. I saothar na n-údar faisisteach seo feictear domhan cúng na Naitsithe, lán d'ídé-eolaíocht "na fola agus na talún".

Sa litríocht fhaisisteach bhí tábhacht le cúrsaí feirme. Rinne siad cur síos ar an saol simplí, agus bhain cuid acu an-úsáid as miotaseolaíocht na Gearmáine. Níor Naitsí é Huchel. Sna tríochaidí bhí cnuasach filíochta réidh aige don fhoilsitheoir ach nuair a tháinig Hitler i gcumhacht, tharraing Huchel an cnuasach siar, agus níor fhoilsigh sé cnuasach de na dánta a scríobh sé idir 1925 agus 1947 go dtí an bhliain 1948 i mBeirlín Thoir. Insíonn an tost sin a scéal féin. Bhí a lán dánta ann faoin dúlra, mar ab iondúil dó, agus cheap sé sa bhliain 1933 go mb'fhéidir go meascfadh léitheoirí a chuid téamaí le téamaí "fola agus talún" na bhfaisisteach.

Faoi réim na Naitsithe dódh saothar na n-údar Giúdach (agus bhí a lán acu ann) agus a saothar siúd a chuir i gcoinne an fhaisisteachais ar shlí ar bith. Thug lucht na heite clé agus Giúdaigh áirithe an choigríoch orthu féin. D'fhan roinnt údar ina dtost nó scríobh siad leabhair inar chuir siad i gcoinne an fhaisisteachais go rúnda. Níor fhág Peter Huchel a thír féin go toilteanach, mar a rinne a lán intleachtóirí, agus níor chuir na húdaráis iachall air é sin a dhéanamh ach oiread. D'fhoilsigh sé roinnt scríbhinní le linn réim an fhaisisteachais freisin.

Bhí sé ceart agus cóir go gcuirfeadh a lán údar ón nglúin a

mbaineann Peter Huchel léi i gcoinne na Naitsithe lena gcuid scríbhínní. Den chuid is mó de tharla sé seo thar lear, agus tá stair litríocht na Gearmáinise san imirce thar a bheith suimiúil.

Cuireadh i gcoinne Hitler i ngach ceann de na tíortha saora, sa Fhrainc, i Meicsiceo agus sna Stáit Aontaithe, i Sasana, sa tSualainn, san Eilvéis agus mar sin de. Reáchtáladh comhdhálacha móra — mar shampla i bPáras — chun "an tsibhialtacht a chosaint" (1935). D'oibrigh scríbhneoirí Gearmánacha ar nós Heinrich Mann in éineacht le daoine mar Walter Ulbricht (a toghadh mar Uachtarán ("Rúnaí") na Poblachta Daonlathaí níba dhéanaí), Wilhelm Pieck, Lion Feuchtwanger ar Fhronta an Phobail Ghearmánaigh (*Deutsche Volksfront*) chun bolscaireacht a chur chuig an bpobal Gearmánach.

In ainneoin na hoibre polaitiúla sin d'eirigh leis na húdair Ghearmánacha agus Ostaracha saothair thábhachtacha liteartha a chur amach agus iad ar imirce, daoine ar nós Hermann Kesten, Alfred Döblin, Thomas Mann, Heinrich Mann, Hermann Hesse, Hermann Broch, Lion Feuchtwanger, Brecht, Canetti, agus a leithéidí. Bhí roinnt mhaith den saothar liteartha seo frith-fhaisisteach. Thaispeáin Heinrich Mann, mar shampla, ina chuid úrscéalta an líne leanúnach idir Feardorcha II, Uilliam II agus Hitler. Tháinig an-chuid de dhrámaí móra Brecht ar an saol agus é ar imirce.

I ndiaidh an Dara Cogadh Domhanda bhí sé thar a bheith deacair aon rud a scríobh sa Ghearmáinis, toisc gur mhothaigh gach aon duine go raibh an teanga truaillithe ag na Naitsithe. Bhí ualach faoi leith á iompar fiú amháin ag gnáthfhocail cosúil le "talamh" nó "gormshúileach" agus mhothaigh na scríbhneoirí go raibh orthu an teanga a scríobh as an nua, geall leis.

Thaispeáin Wolfgang Borchert deacrachtaí na saighdiúirí a tháinig ar ais ón gcogadh sa dráma *Draußen vor der Tür (Taobh amuigh den Doras)* (1947). Tháinig scríbhneoirí nua ar an bhfód, nó d'eirigh siad ní ba cháiliúla, daoine cosúil le Heinrich Böll, Günter Grass, Gerd Gaiser, Max Frisch, Friedrich Dürrenmatt. Ba ghá dul i ngleic leis na fadhbanna uile a bhí ann de bharr an fhaisisteachais agus ba ghá freisin — go mór mór don ghlúin óg — aithne a chur ar na scríbhneoirí ar cuireadh cosc orthu a gcuid saothar a fhoilsiú nó a scaipeadh sa tír ar feadh dhá bhliain déag.

Bhí idir litríocht Ghearmánach agus litríocht thíortha eile i gceist anseo. Chuaigh smaointe an Eiseachais i bhfeidhm ar an nglúin iar-chogaidh seo freisin. Feictear é go soiléir i saothar an Eilvéisigh, Max Frisch.

Rinneadh iarracht sna caogaidí agus sna seascaidí déileáil leis an am a bhí thart sa litríocht, go mór mór ós rud é go bhfacthas nach raibh "obair an chumha", chun téarma socheolaí amháin a úsáid atá coitianta anois sa Ghearmáinis, déanta ag formhór an náisiúin. Sin an teachtaireacht a léitear in go leor saothar tábhachtach, cosúil le *Die Blechtrommel (An Druma Stáin)* (1959) le Grass agus fiú i bhfoirm eile san úrscéal *Unkenrufe (Glao na Buaife)* (1992), in *Ansichten eines Clowns (Barúlacha an Fhir Ghrinn* (1963) nó *Gruppenbild mit Dame (Pictiúr de Ghrúpa le Bean)* (1971), agus *Fürsorgliche Belagerung (An Líon Tarrthála)* (1979) le Böll. San Eilvéis bhí agus tá litríocht na Gearmáinise cuibheasach láidir; i measc na n-údar tá ainmneacha a bhfuil meas mór orthu, mar shampla Leutenegger, Loetscher, Marti, Muschg, O.F. Walter, H. Burger, Bichsel, Späth, Böni, Widmer, Zschokke.

Tá fiú an ceathrú glúin i ndiaidh an bheirt mhórscríbhneoirí Frisch agus Dürrenmatt ag saothrú leo, daoine cosúil le Hansjörg Schneider, Martin R. Dean, Urs Berner. Tá roinnt ban ag scríobh freisin san Eilvéis, mar shampla Frederike Kretzen, Magrit Schriber, Verena Stossinger agus ina measc tá duine amháin acu, an t-úrscéalaí Gabrielle Alioth, atá ag scríobh ar imirce in Éirinn. Thaispeáin an chéad úrscéal dá cuid *Der Narr (An Fear Magaidh)* (1990) cúirt roinnt céadta bliain ó shin in Éirinn (a dtugtar "oileán ar imeall an domhain" uirthi) chun scéal iontach fileata agus suimiúil a insint. Níos óige fós ná Alioth tá Nicole Müller agus Andrea Simmen. Is í Eveline Hasler, b'fhéidir, an banscríbhneoir Eilvéiseach is mó cáil le blianta anuas.

Tá téama na homaighnéasachta tógtha suas ag an Eilvéiseach, Christoph Geiser. Cuireann sé an bhéim ar an bhfulaingt, diúltaíonn sé glacadh leis an dualgas a bheith sona agus baineann sé úsáid as an homaighnéasacht mar mheafar do na srianta atá curtha leis an *condition humaine* agus ag an am céanna don iarracht a dhéantar na srianta sin a shárú. Dála Frank Mc Guinness in Éirinn sa dráma *Innocence*, baineann Geiser úsáid san úrscéal *Das geheime Fieber (An Fiabhras Rúnda)* (1987) as saothar agus beatha an ealaíontóra Caravaggio chun smaointe a chur in iúl faoin homaighnéasacht agus faoin gcruthaitheacht.

Mar a tharla sa chéad leath den aois seo (le Hofmannsthal, Rilke, Musil, Broch) is Ostaraigh iad cuid de na scríbhneoirí is fearr sa Ghearmáinis. Fiú sa tréimhse iarchogaidh bhí mná ar nós Ingeborg Bachmann agus Ilse Aichinger tábhachtach. Ó na seascaidí tháinig borradh faoi leith faoin litríocht le saothar an *Forum Stadtpark*, grúpa de scríbhneoirí óga réabhlóideacha a bhí lonnaithe i gcathair Graz. Bhí Wolfgang Bauer, Barbara Frischmuth, Peter Handke agus Alfred Kolleritsch páirteach ann, chomh maith le daoine eile. Tá scríbhneoirí eile den scoth ag saothrú leo ón Ostair, cuir i gcás R. Gruber, Mitgutsch, Schutting, Wolfgruber, Innerhofer, G. Ernst, Loidolt agus Schlag.

Ar an taobh eile de, bhí litríocht na Poblachta Daonlathaí ag teacht chun inmhe le saothair inar cuireadh an bhéim ar an saol sóisialach, ar an ionad oibre, ar an idéalachas sóisialach. Thug an stát tacaíocht don ghluaiseacht seo. Bhí tionchar tábhachtach ag an bhfealsamh Ernst Bloch ar dhaoine óga agus ar intleachtóirí. D'aistrigh sé go dtí an Phoblacht Dhaonlathlach sa bhliain 1948 agus ghlac sé le hollúnacht le fealsúnacht in Ollscoil Leipzig. I sraith léachtaí a thug sé ansin sa bhliain acadúil 1955-56 agus ina leabhar *Das Prinzip Hoffnung (Prionsabal an Dóchais)*, a scríobhadh sna blianta 1938-47 ach nár foilsíodh go dtí 1954-59, chuir sé síos ar bhunsmaoineamh an dóchais agus thaispeáin sé go gcaithfear a admháil go mbíonn frustrachas ar an duine (fiú i gcóras sóisialach) mura mbíonn forbairt i ndán dó laistigh den tsochaí. Sa bhliain sular cuireadh Huchel faoi bhraighdeanas baile i 1961, cuireadh iachall ar Bloch éirí as a phost. D'fhág Bloch an Phoblacht Dhaonlathach agus ghlac sé le hollúnacht aíochta in Ollscoil Tübingen san Iarthar. Tar éis don úrscéal

Nachdenken uber Christa T. (Athsmaoineamh ar Christa T.) le Christa Wolf a theacht amach roimh dheireadh na seascaidí bhí an t-am tagtha don dá shraith, an litríocht san Oirthear agus san Iarthar, súil níos géire a chaitheamh ar mheon agus ar chroí an duine aonair murab ionann agus ar an sochaí. Mar sin bhí an "tsuibiachtúlacht nua" tagtha isteach mar shruth in aghaidh na litríochta doiciméadaí (sampla den "doiciméadachas" is ea an dráma *Der Stellvertreter (An tIonadaí)* (1963) le Rolf Hochhuth faoin bPápa Pius XII agus an t-uileloscadh) agus cineálacha eile de litríocht *engagée* na seascaidí.

Sa mhéid is gur duine é Peter Huchel a bhí ag obair leis ó na fichidí ar aghaidh faoi thionchar an tsóisialachais, ní raibh aon ghá dósan a chuid scríbhinní a athrú. Faoin mbliain 1962 bhí cosc curtha go hiomlán ar fhoilsiú a shaothair. Mar sin d'fhulaing sé faoi réimeas an Stailíneachais sa Phoblacht Dhaonlathach agus éiríonn a chuid filíochta éadóchasach, geall leis, dá réir. Cé gur fhan sé dílis don idéal, ní chloistear é ag moladh an chórais sna seascaidí agus sna seachtóidí, ná ag nochtadh an dóchais a chuir sé in iúl sa tsraith *Das Gesetz (An Dlí)* faoi Leasú na Talún i 1948. Rinne Huchel cur síos ar ghnéithe gránna an chogaidh sa tsraith *Der Ruckzug (An Ruaig)*. In áit an dóchais thuasluaite feictear i bhfilíocht dhéanach Huchel an easpa eolais, an easpa cinnteachta, agus an t-éadóchas (ní hamháin faoi chóras amháin, nó faoi eispéireas an duine aonair, ach faoi thodhchaí an chine dhaonna).

Ní raibh baint aige leis an gCoincréiteachas (filíocht a scríobh a bhfuil baint ag an bhfoirm i gcruth pictiúir leis an mbrí atá léi) a bhí tábhachtach i litríocht na Gearmáinise, agus níor bhain sé ach oiread le filíocht pholaitiúil na tréimhse iarchogaidh.

Ó tharla go bhfuair sé bás sa bhliain 1981 ní raibh seans ag Huchel forbairt na litríochta sa Phoblacht Dhaonlathach a fheiceáil ná an t-athrú millteanach a tharla ó 1989 i leith. Seans go mbeadh miongháire íorónta searbh ar a aghaidh dá mairfeadh sé go dtí an lá go bhféadfadh sé a chomhad rúnda féin a léamh cosúil le gach scríbhneoir eile ón bPoblacht Dhaonlathlach. Ní raibh seans aige mar sin mórleabhair na n-ochtóidí ar nós saothair Christoph Hein nó *Bronsteins Kinder (Páistí Bronstein)* le Jurek

Becker, nó *Kassandra* le Christa Wolf a léamh. Chuir Volker Braun, duine den ghlúin a tháinig i ndiaidh Peter Huchel, síos ar stádas na scríbhneoirí uile ón bPoblacht Dhaonlathach tar éis a bhfuil tite amach ó am an athaontaithe mar seo:

tá mise fós anseo, téann mo thír siar
. . .
agus éiríonn mo théacs iomlán dothuigthe
(*Das Eigentum, An tSeilbh*)

Feictear díomá agus searbhús i saothar roinnt údar faoin gcaoi ar thit gach rud amach san athaontú agus faoin gcaoi ar caitheadh leis na hOirthearaigh ó shin. I ndráma gearr a scríobh Braun sa bhliain 1992, *Iphigenie in Freiheit* (*Iphigenie Saor*), leagann sé béim ar an díomá sin agus ar an gcaoi a raibh margadh á dhéanamh os íseal idir an Oirthear agus an Iarthar faoin gcaidreamh a bheadh acu lena chéile. Diaidh ar ndiaidh tá dírbheathaisnéisí á bhfoilsiú anois ag scríbhneoirí na Poblachta Daonlathaí: Hermann Kant, Günter de Bruyn agus Hans Mayer. Ar deireadh tá litríocht ag teacht amach as an bPoblacht Dhaonlathach atá níos suimiúla san iomlán ná litríocht na Poblachta Cónaidhme. Bhí jab ní ba thábhachtaí le déanamh ag scríbhneoirí an Oirthir, b'fhéidir, agus ní fios fós cé chomh tábhachtach agus a bhí tionchar na litríochta ar na hathruithe polaitiúla.

Feictear téamaí i litríocht na Gearmáinise nach bhfuil ceangailte le tír ar bith ar chaitheamar súil orthu anseo .i. an Ghearmáin Thiar, an Ghearmáin Thoir, an Eilvéis agus an Ostair, ach tá siad le feiceáil i ngach ceann acu: an ceangal idir an duine aonair agus an pobal, deacrachtaí na mban, an coimhthíos sa domhan nua-aimseartha. Bíonn ceisteanna á gcur ag údair faoi fhealsúnacht ré na teicneolaíochta. Cé is moite den bhéim mhór a leagtar ar fhadhbanna na mban, níl siad nua in aon chor, ach tá na fadhbanna sin an-soiléir sa litríocht chomhaimseartha.

Mar a tharla i gcás go leor intleachtóirí eile ón nGearmáin agus ón Ostair bhí tionchar an-mhór ag stair pholaitiúil na tíre ar shaol

Huchel mar a fheictear sa chur síos seo. Rugadh Huchel (sa bhliain 1903 mar a dúradh cheana) i Lichterfelde, áit a bhí an uair sin ar imeall chathair Bheirlín. Saighdiúir ba ea a athair nuair a phós sé Marie Zimmermann, iníon feirmeora as Alt-Langerwisch in Brandenburg. Nuair nach raibh ach ceithre bliana slánaithe ag Peter Huchel bhí ar a mháthair dul isteach i sanatóir agus chuir a athair, a bhí ag feidhmiú an uair sin mar státseirbhíseach in Potsdam, an buachaill óg chuig feirm a sheanathar in Alt-Langerwisch sa Mark Brandenburg. Taobh amuigh de sin chaith Huchel roinnt mhaith ama ar an bhfeirm mar bhí sí cóngarach go leor dá theach féin. Bhíodh seanathair Huchel, an feirmeoir, ag scríobh freisin, agus taispeántar é agus leabhar á léamh aige sa dán 'Mo Sheanathair', cé nach luaitear anseo go mbíodh sé féin, leis, ag scríobh.

Tar éis do Peter óg an scoil a fhágáil, rinne sé staidéar ar fhealsúnacht agus ar litríocht na Gearmáine le linn dó a bheith ag freastal ar ollscoileanna i mBeirlín, in Freiburg im Breisgau, agus i Vín na hOstaire; is é sin le rá fuair sé oideachas clasaiceach an mhic léinn Ghearmánaigh.

Bhí Beirlín ina lárionad cultúir sna fichidí nuair a thosaigh Huchel ag scríobh chun slí bheatha a bhaint amach, faoi mar a bhí Páras roimhe sin agus ina dhiaidh sin arís. Bhí liobrálachas ar leith ag baint leis an saol i mBeirlín a mheall a lán daoine ann. D'oibrigh scata den eite chlé ann ar nós Heinrich Mann, Johannes R. Becher, Bert Brecht, Kurt Weill, Heinrich Zille, Hans Fallada, Georg Kaiser, Else Lasker-Schüler, Erich Maria Remarque, Alfred Döblin, Georg Grosz, John Heartfield, Käthe Kollwitz, agus Erich Kästner.

Le linn a óige thaistil Huchel i dtíortha éagsúla san Eoraip agus d'oibrigh sé ar fheirm sa Fhrainc. Feictear rian ar a chuid filíochta de na turais éagsúla a rinne sé agus é ina ógfhear. Níos déanaí chuir easpa airgid iachall air dul ag taisteal go minic agus a chuid filíochta a léamh os comhair an phobail. Samplaí d'imprisiúin de thursais éagsúla is ea na dánta 'Gairdín Mainistreach sa Bhriotáin', 'Samhradh Albanach', 'Monterosso', 'Tuscánach', 'Maidin Gheimhridh in Éirinn' agus 'Veinéis fáoin mBáisteach'.

Idir 1940-45 bhí sé san arm ('foirm cheart na heisimirce' dar le file mór eile nár fhág an Ghearmáin ach oiread nuair a bhí an chumhacht ag na Naitsithe, Gottfried Benn) agus thréig Huchel an t-arm i 1945. Chaith sé tréimhse ghearr mar phríosúnach cogaidh san Aontas Sóivéadach. Ar fhilleadh dó ar Bheirlín fuair sé post mar stiúrthóir ealaíne i Raidió Bheirlín. Tar éis an chogaidh, thug an sóisialachas dóchas dó, go mór mór an *Bodenreform*, nuair a rinneadh an chéad iarracht ar thalamh na Poblachta Daonlathaí a thógáil ó na sealbhóirí príobháideacha agus é a chur le chéile d'fhonn déileáil leis ar bhonn cumannach.

Sa bhliain 1948 toghadh Peter Huchel mar eagarthóir ar an tréimhseachán ba mhó cáil sa Phoblacht Dhaonlathach i gcúrsaí liteartha, *Sinn und Form (Brí agus Foirm)*, agus thosaigh sé ag obair sa phost sin i 1949. Bhí an tréimhseachán seo ar cheann de na hinstitiúidí ba thábhachtaí sa Phoblacht, mar aon le hamharclann Brecht, an Berliner Ensemble, agus Acadamh na nEalaíon faoi uachtaránacht Johannes R. Becher.

D'fhoilsigh a lán de na smaointeoirí agus scríbhneoirí is mó le rá ar an eite chlé ón Iarthar agus ón Oirthear in *Sinn und Form* fad is a bhí Huchel ina eagarthóir air, ina measc Bert Brecht, Heinrich Mann, Ludwig Marcuse, Louis Aragon, Ernst Bloch, Jean-Paul Sartre, Albert Camus, Paul Éluard, André Chamson, James Langston Huges, Georg Lukács, Juan Ramon Jiménez, Jorge Guillén, Miguel Ángel Asturias, Nasthalie Sarraute, Pablo Neruda, Vladimir Mayakovsky, Sergey Yesenin, Yevgeny Yevtuschenko agus Vladimir Sholokhov. Mar a thaispeánann na hainmneacha seo tagann na scríbhneoirí agus na smaointeoirí seo ó thíortha éagsúla na hEorpa agus roinnt acu ó Mheiriceá Thuaidh agus ó Mheiriceá Theas.

Rinne Huchel sárobair mar eagarthóir, ach bhí sé róliobrálach don am sin, agus cuireadh iachall air éirí as a phost sa bhliain 1962. Chuir duine amháin ina leith nár luaigh *Sinn und Form* an Phoblacht Dhaonlathach oiread is uair amháin le linn do Huchel a bheith ina eagarthóir air, rud a shéan Huchel féin.

Idir 1962 agus 1971, nuair a d'imigh sé chuig an Iarthar, chónaigh sé faoi bhraighdeanas baile i Wilhelmshorst in aice le

Potsdam. Ceann de na maslaí a chuir feidhmeannach amháin ina leith ná gur 'tiarna Sasanach Wilhelmshorst' é!

Ar feadh naoi mbliana ní raibh cead ag Peter Huchel a chuid scríbhinní a fhoilsiú sa Phoblacht Dhaonlathach. D'éirigh leis, áfach, líon áirithe dá dhánta a smuigleáil amach as an tír agus foilsíodh san Iarthar iad i rith na mblianta 1962-1971. Tar éis dó a thír féin a fhágáil, chaith Huchel tréimhse ar scoláireacht sa Róimh, agus ina dhiaidh sin chaith sé a shaol i mBaden Theas i bPoblacht Chónaidhme na Gearmáine go dtí gur éag sé i Staufen i 1981.

Cé gur fhulaing sé deacrachtaí foilsitheoireachta agus cé go raibh an t-uaigneas ag cur as dó san Oirthear faoin mbraighdeanas baile (féach ar an dán 'Deoraíocht'), d'fhulaing sé uaigneas arís san Iarthar agus an brú a chuirtear ar scríbhneoirí cáiliúla leabhar i ndiaidh leabhair a fhoilsiú de dheasca cúrsaí margaíochta. Ní mórán leabhar a scríobh Huchel, áfach. Níor ghéill sé riamh do bhrú úd an mhargaidh.

Bhí an dúlra tábhachtach i bhfilíocht Huchel. Taobh tíre Thuaisceart na Gearmáine a labhraíonn leis, mar a labhair le Réalaithe móra an naoú haois déag, Fontane, Storm agus Raabe, agus le scríbhneoirí comhaimseartha ar nós Christa Wolf agus Günter de Bruyn. Ní taobh tíre drámatúil a fheictear i bhfilíocht Huchel ar chor ar bith, agus ní taobh tíre 'álainn' é (sa bhrí chomónta den fhocal sin), a d'oirfeadh do phaimfléid bhord turasóireachta, ach taobh tíre liath agus réidh. Go minic sna dánta bíonn an taobh tíre seo ceilte ar an súil ag an drochaimsir. Bíonn sé ag cur sneachta nó báistí, bíonn ceo nó ceobhrán ann. Is féidir codarsnacht a dhéanamh idir na hamhairc tíre seo agus cinn eile an deiscirt i ndánta eile de chuid Peter Huchel ina ndéanann sé tagairt do thíortha iasachta, an Fhrainc, an Iodáil, an tSean-Ghréig, agus na Balcáin, mar shampla.

Baineann a lán de na móitífeanna leis an tuath. Tugann an file brí nua dóibh go minic. Tá brí dhearfa le móitíf an fheochadáin, mar shampla, agus le móitíf na cloiche. Úsáideann file mór eile na Gearmáinise san aois seo, Paul Celan, an mhóitíf 'cloch' go mion minic leis an mbrí seo: an t-ualach a bhíonn ar an duine, ach i saothar Huchel tá an chloch níos dearfa agus ciallaíonn sí buaine agus seasmhacht.

Bhí an-mheas ag Huchel ar chait agus is móitíf dhearfach eile é an cat sna dánta (féach 'An Cat' agus 'Tuairimí' anseo). Sa mhéid seo cloíonn Huchel leis an seanchas a chuireann críonnacht i leith an chait. Cé go mbíonn tuairimí agus mothúcháin éagsúla ag na daoine coinníonn na cait ciúin: 'táid stuama, is ní deir siad faic' ('Tuairimí'). Agus ag deireadh an dáin álainn sin 'Pe-Lo-Thien' taispeánann Huchel an fealsamh Síneach clúiteach 'ag maireachtáil laistiar den bhalla, / é féin is a chuid corr is a chuid cat'. Feictear móitíf an phréacháin i saothar Huchel freisin; uaireanta seasann sé don bhás, uaireanta bíonn sé ann mar chuid den taobh tíre uaigneach, sneachtúil.

Scáth na gcnoc, nó an bháisteach, agus ní daoine ar chor ar bith atá mar chairde aige sa dán cumasach 'Deoraíocht'. D'fhoilsigh Huchel dorn dánta san eagrán deireanach de *Sinn und Form*, a raibh seisean mar eagarthóir air. Ina measc siúd bhí an dán casta sin 'Gairdín Theophrast'. Sa dán seo iarrann an file ar a mhac cuimhneamh ar an uair a ndeachaigh siad tríd an ngairdín. Is masc é an mionfhealsamh Seanghréagach Theophrast anallód don fhile féin. Scríobh an fealsamh sin tráchtas faoin ngarraíodóireacht agus úsáideann Huchel meafair na gcrann leice sa dán chun a chur in iúl go bhfuil rud éigin mícheart sa ghairdín agus go bhfuil an garraíodóir Theophrast ag iarraidh leigheas a chur ar an scéal.

Ag an deireadh, áfach, admhaíonn an file go díreach go bhfuil ordú tugtha 'acusan' an crann olóige a bhaint ó fhréamh. Deir léirmheastóir amháin, Peter Hutchinson, go mb'fhéidir gurb í an Phoblacht Dhaonlathach an gairdín agus gurb iad smaointe liobrálacha (nó fiú amháin an tréimhseachán *Sinn und Form*) an crann olóige.

Níl mórán dóchais sa dán seo agus níl aon chomhairle ag an bhfile dá mhac ach a rá leis an ócáid seo a choinneáil ina chuimhne. Ó na caogaidí ar aghaidh scríobh Huchel níos mó dánta a raibh cúlra stairiúil nó miotasach leo, cosúil leis an gceann seo ó thús na seascaidí. Samplaí eile den fheiniméan sin sa chnuasach seo ná 'Airistéas I' agus 'Aristéas II', 'Melpomene', 'Po-Le-Thien', agus 'An Tráicia'.

Sa dán 'An Spealadóir Polannach' taispeánann an file dúinn saol dian an oibrí eachtrannaigh sa Ghearmáin. Scríobhadh an dán ar dtús sa bhliain 1930 ach níor foilsíodh é go dtí 1948 sa chnuasach *Gedichte (Dánta)* mar gheall ar dheacracht thuasluaite Huchel le litríocht an fhaisteachais. Téann uaigneas agus bochtaineacht an eachtrannaigh go mór i bhfeidhm ar an léitheoir anseo. Ag deireadh an dáin tugann an spealadóir aghaidh ar a thír féin san Oirthear, áit a bhfuil an ghrian ag éirí — gnáthshiombail na réabhlóide sóisialaí. Tá na smaointe sa dán seo an-simplí (cé go bhfuil siad cumhachtach) agus feictear cé chomh maith is atá Huchel in ann saol duine eile a thabhairt dúinn i mbeagán línte. Cuireann na línte seo i gcuimhne dúinn na spailpíní a bhí ar an ngannchuid in Éirinn fadó:

> Gort i ndiaidh goirt do spealas-sa,
> is níor liom aon seamaide díobhsan
>
> Séidigí, a stoirmeacha an fhómhair
> Ar chláracha loma lochtaí
> dúiseoidh sibh na codlatóirí ocracha.

Taobh amuigh d'uaigneas an duine, de dheacrachtaí polaitiúla agus den bhochtaineacht, feictear téamaí atá tábhachtach don chine daonna ag éirí níos láidre sna dánta déanacha; tugann 'Salm' pictiúr dúinn den chine daonna ag déanamh gach iarrachta ar é féin a scrios leis an gcumhacht eithneach agus muinín aige as *bunker* nach mbeidh ró-éifeachtach: 'seamaide féir/ a neart./ faoi lascadh an tsneachta'. Is iad na seangáin bhána a bheidh ag scríobh stair an chine dhaonna sa ghaineamh.

Ach go mion minic ní cúrsaí sóisialta nó polaitíochta atá mar ábhar ag Huchel. Go minic scríobhann sé faoina cheird féin, faoin bhfilíocht. Sa dán 'An Gabha Uisce', mar shampla, tugann sé pictiúr dúinn den fhile:

Dá bhféadfainn scinneadh
anuas níos gile
ar an doireacht líofa

agus focal a cheapadh dom féin,

ar nós an ghabha uisce seo
. . .

Is éan é an gabha uisce a eitlíonn in aghaidh srutha agus a thumann chun a chuid bia a fháil. Tugann Huchel rabhadh don phobal, léirmheastóirí agus a leithéidí sin, 'niteoirí óir', 'iascairí', gan a bheith ag cur isteacht ar an bhfile-éan:

A niteoirí óir, a iascairí
cuirigí bhur bhfearas i leataobh.
Is mian leis an éan támáilte

a chúram a chur de go ciúin.

Déanann na léirmheastóirí iarracht ar ór an dáin a fháil cosúil le hiascaire a cheapann an t-iasc. Ar ndóigh, sin é an deacracht a bhaineann le gach iarracht mhínithe: tá sé níos fearr na dánta a léamh go cúramach.

Nuair a scríobh Huchel faoin dúlra ní dhearna sé iarracht ar idil a chur in iúl, ach amháin sna dánta luatha. Léiríonn sé i gcónaí, freisin, taobh brúidiúil an dúlra — mar a deir sé féin, bhí saol na gcailíní feirme, na n-oibrithe feirme, na spealadóirí Polannacha dian agus brúidiúil go leor. Cuireann sé in iúl dúinn go minic mar sin an tslí a gcreachann ainmhithe áirithe ainmhithe eile. Tógann sé na meafair is láidre ó shaol an fheirmeora agus ón dúlra ina thimpeall. Filleann sé arís agus arís eile ar an mbunstór seo, fiú amháin nuair is mian leis éalú uaidh i ndeireadh thiar thall. Is dócha gur mhúscail cúrsaí feirme agus an dúlra samhlaíocht Huchel nuair a bhí sé an-óg agus nár éirigh leis éalú ón gceangal láidir sin riamh. De ghnáth tugann sé pictiúr dúinn de thaobh tíre atá cuibheasach uaigneach. Ag an am céanna ní taobh tíre gan daoine é. Leagann Huchel béim ina chuid dánta ar an oibrí, mar shampla, an spealadóir, an feirmeoir, an t-aoire, nó an cailín aimsire agus i gcónaí bíonn ainmhithe, éanlaith, nó éisc mar chuid den fhiadhúlra aige.

In agallamh a rinne Peter Huchel tar éis dó teacht chuig an Iarthar dúirt sé an méid seo faoin bpróiseas cruthaitheach:

Níl mé ceangailte den deasc. Ar ndóigh den chuid is mó déanaim monabhar le mo chuid véarsaí dom féin; b'fhéidir go bhfuil roinnt focal ann, meafar b'fhéidir, mar a déarfá scamhacháin iarainn. Níos déanaí tagann siad isteach i raon maighnéadach, tagann athrú orthu, déantar íomhá, siombail, agus ansin tá dán ann .

Is file de chuid an fhichiú haois é Huchel. Mar a dúradh cheana, bhí Beirlín chun tosaigh i gcúrsaí cultúrtha san Eoraip nuair a bhí Huchel ina ógfhear. Bhí aithne ag Huchel ar a lán de na scríbhneoirí a raibh cónaí orthu sa phríomhchathair an uair sin. Nuair a chuir sé an cnuasach nár foilsíodh, *Der Knabenteich (Lochán na mBuachaillí)*, isteach sa chnuasach *Gedichte* (1948) chonacthas go raibh cosúlacht idir Huchel agus filí tábhachtacha eile a raibh an dúlra mar mhórthéama acu, Karl Krolow, Günter Eich, Wilhelm Lehmann agus Oskar Loerke. Níorbh é an dúlra an t-aon téama amháin a bhí ag Huchel ar ndóigh; phléigh sé uaigneas an duine, an bhochtaineacht agus saol simplí mhuintir na tuaithe, easpa tuisceana an duine, an próiseas cruthaitheach agus araile.

Tar éis do Huchel teacht ar ais ón bpríosún Sóivéadach i ndiaidh an chogaidh, d'fhoilsigh a chara Alfred Kantorowicz roinnt dánta leis sa tréimhseachán a raibh sé ina eagarthóir air: *Ost und West (Oirthear agus Iarthar)*. Tar éis dó *Gedichte* a fhoilsiú i ndeireadh na ndaichidí, cuireadh dánta le Huchel i ndíolaim a tháinig amach i 1950. Chomh fada siar le 1949 luaitear é fiú i leabhar faoi fhilíocht na Gearmáine a tháinig amach sa tréimhse iarchogaidh i Sasana. Tá dánta leis ar fáil i ndíolaimí filíochta i gcomhair scoileanna agus i gcomhair an léitheora ghinearálta. Toisc gur chaill sé gnaoi na n-údarás san Oirthear i

1962 agus gur cuireadh cosc foilsitheoireachta air sa tír sin, fágadh a ainm ar lár i ndíolaimí sa Phoblacht Dhaonlathach, nó níor tugadh mórán spáis dó ar chúiseanna polaitiúla. Nuair a ligeadh amach as an bPoblacht Dhaonlathach é sa bhliain 1971 tugadh ómós dó as a chrógacht agus as feabhas a shaothair go forleathan. Tá roinnt dánta scríofa ag filí agus scríbhneoirí tábhachtacha in ómós dó, ag Günter Eich, Marie Louise Kaschnitz, Karl Mickel, agus Heinrich Böll.

Ba dhuine cúthail é Peter Huchel agus shéan sé an phoiblíocht i gcoitinne. Bhí taithí aige ar a bheith ina aonar i bhfochair a theaghlaigh sa Phoblacht Dhaonlathach, agus fiú nuair a bhí sé ag obair mar eagarthóir ar *Sinn und Form*, ní thagadh sé ó Wilhelmshorst go dtí Beirlín ach dhá lá in aghaidh na seachtaine.

Déanadh gach léitheoir a aigne féin suas faoi stádas Peter Huchel mar fhile trí na dánta féin a léamh. I mo thuairimse tá an chuid is mó dár scríobh sé ar fheabhas. Níor scríobh sé an iomarca. D'fhan sé dílis dó féin. Tugann sé an dúlra níos cóngaraí dúinn. Tá fileatas, doimhne, ionracas, ceol agus draíocht ag baint lena scríobhann sé. Measaim gur fíor an rud a scríobh an t-údar Hermann Kasack faoi na trí dhán is seasca sa chnuasach *Gedichte* (1948) agus faoi gach a bhfuil scríofa ag Huchel: 'Ina shlí féin tá stádas agus bailíocht ag gach dán'. Níl saothar Huchel róshimplí. Measaim go ndeachaigh sé i ngleic le heispéireas an duine san fhichiú haois. Ní hé an taobh tíre amháin a thugann sé dúinn; faighimid chomh maith uaigneas, gruaim agus aonaránacht an duine.

Léigh Huchel a lán leabhar nuair a bhí sé óg. Is dócha go ndeachaigh Georg Büchner, duine de mhórscríbhneoirí an naoú haois déag, i bhfeidhm air. Ní raibh Büchner ach ceithre bliana fichid nuair a fuair sé bás, ach bhí sé ar dhuine de na scríbhneoirí ba chumasaí san Eoraip agus d'fhág sé saothar iontach ina dhiaidh. Ba eisean an chéad duine a scríobh faoin bprólatáireacht sa Ghearmáin, mar shampla sa dráma *Woyzeck*, (tuairim is 1836-37) agus d'fhorbair sé smaointe réabhlóideacha faoin saol sular tháinig Marx ar an bhfód. Bhí baint ag Büchner leis an ngrúpa, 'An Ghearmáin Óg' (1830-1850) a bhí i gcoinne na cinsireachta agus na heaspa cearta a bhí ann i réim Fheardorcha Uilliam IV sa Ghearmáin. Ar ndóigh, dúirt Erik Neutsch sa bhliain 1975 gur sinsear é Büchner do chuid mhór de na húdair nua-aimseartha sa Phoblacht Dhaonlathach, agus tá sé soiléir go dtaitneodh a chuid fealsúnachta agus scríbhinní le haon duine ar an eite chlé. Scríobh Huchel dán faoi J.M.R. Lenz. Scríbhneoir eile a chuir i gcoinne na héagóra san ochtú haois déag ba ea Lenz, agus is dócha go raibh tionchar ag saothar Lenz air.

Tá sé ráite ag Huchel gur léigh sé Georg Trakl arís agus arís eile. Bhain Trakl leis an Eispreisiúnachas agus scríobh sé cuid de na dánta is fearr a scríobhadh sa Ghearmáin san fhichiú haois. Tá rogha dánta le Trakl ar fáil i nGaeilge cheana féin, aistrithe freisin ag Gabriel Rosenstock. Tá cosúlacht idir roinnt de na móitifeanna a mbaineann an bheirt fhilí úsáid astu, mar shampla an cailín aimsire, an dúlra, an páiste. Léigh Huchel Baudelaire agus Rimbaud freisin, chomh maith le Sergei Yesenin, an file Rúiseach. Is dócha go ndeachaigh an Bíobla, Aibhistín agus scríbhinní le Thomas Müntzer, diagaire agus réabhlóidí ón gcúigiú haois déag, chomh maith le saothar an fhealsaimh mhistigh Ghearmánaigh ón seachtú haois déag, Jakob Böehme (an 'Philosophus Teutonicus') i bhfeidhm air, freisin.

I roinnt díolaimí cuirtear Huchel isteach i rannóg fhilí an dúlra, ach tá an téarma seo róchúng dó, mar baineann an file seo úsáid as an stair agus as an miotaseolaíocht agus tugann sé íomhá den duine iomlán san aois seo dúinn. Bhí filí den scoth ag scríobh dánta faoin dúlra roimh agus i ndiaidh an Dara Cogadh Domhanda, ar nós Karl Krolow, Günter Eich, Johannes Bobrowski, agus tá cosúlacht idir iad agus Huchel. Braitear go mbíonn scríbhinn rúnda sa dúlra i ndánta le Eich agus le Huchel araon. Tá clú agus cáil ar Paul Celan, a chuir lámh ina bhás féin sa bhliain 1970, agus dála Huchel baineann seisean úsáid as córas leanúnach de mheafair iniata. Thaitin dánta Celan go mór le Huchel. Is eisean a scríobh an dán Gearmánach is cáiliúla faoi na campaí géibhinn, 'Todesfuge' (1948).

Is iomaí dán againn ó Huchel faoin dúlra ach is é an rud a chuireann sé ar fáil dúinn ar deireadh pictiúr den duine san fhichiú haois. Tá cosúlacht idir Huchel agus Bobrowski; bhí suim ag an mbeirt acu sa chomhcheadal idir an duine agus an dúlra agus chreid siad araon i gcearta an duine. Scríobh Bobrowski uair amháin gur léigh sé dán le Huchel nuair a bhí sé féin i bpríosún agus go ndeachaigh an chaoi a dtaispeánann Huchel an dúlra agus an duine ann i bhfeidhm go mór air féin. Bhí faitíos orthu araon faoin mbaol atá ar an teanga fhileata mar mheán cumarsáide. Tá cosúlacht stíle idir cuid dá scríbhinní freisin, ach bhí creideamh láidir Críostaí ag Bobrowski, rud nach raibh ag Huchel, cé gur bhain sé úsáid as an mBíobla agus as scríbhinní Acuin agus Abhaistín.

Uaireanta feiceann Huchel é féin mar dhuine gan bhaile. Is Óidiséas é agus is téama tábhachtach é sin i litríocht na haoise seo. Sna dánta 'Wo' agus 'Lebensfahrt' cuireann sé in iúl dúinn a chuid smaointe faoin todhchaí nuair a fhiafraíonn sé de féin cén seanbhaile a bheidh ag an 'taistealaí tuirseach', faoi chrainn phailme sa deisceart nó faoi chrainn teile ar bhruach na Réine.

Braitear uaigneas an fhile freisin sa chruachás a fulaingíodh sa Ghearmáin Thoir i ndánta mar 'Sráid Hubert'. Foighníonn sé an spiaireacht go fadaraíonach sna línte:

Thíos ansin,
chomh dearóil le gal tobac stálaithe,
seasann mo chomharsa, mo scáil
a leanann mo lorg, nuair a fhágaim an tigh.
Ag méanfach go duairc
faoi mhinfhearthainn na gcrann lom
ag méiseáil inniu atá sé le sreang mheirgeach an fháil.

Ní dhéanfá dearmad go deo den phictiúr a thugann Huchel dúinn sa dán sin den chomharsa agus a chóipleabhar gorm agus é ag breacadh síos nótaí faoi shaol an fhile. Bhí an chomharsa, de réir cosúlachta, ag obair do na fórsaí slándála. Is iad leabhair agus dánta atá mar chontrabhanna anseo: 'grabhróga aráin dár mbolg, / faoi cheilt i líneáil ár gcótaí.' Sna línte sin tá Huchel ag tagairt d'eachtraí inar smuigleáil a chairde dánta leis i líneáil a gcótaí amach as an bPoblacht Dhaonlathach chun iad a fhoilsiú san Iarthar.

Is guth ar leith é guth Peter Huchel. Cloistear ceol na Gearmáinise ina chuid línte; tá cur síos ina chuid filíochta ar an Mark Brandenburg, ní hamháin ar an taobh tíre ach ar na daoine freisin a bhíonn agus a bhíodh ag obair ansin; tá rómánsaíocht agus réalachas ag baint leis na radhairc a chuireann sé os comhair an léitheora.

An dúlra, an duine, an t-uaigneas, an bás agus an caillteanas na téamaí móra atá aige agus níl náire ná leisce air scríobh fúthu. I gceann de na dánta deireanacha dá chuid déanann sé tagairt dá chás féin agus scríobhann sé go bhfaigheadh sé bás 'faoi mhatóg ghlé na gealaí' gan 'aibítir na tintrí' a bheith foghlamtha aige ná rúin na beatha a bheith tuigthe aige. Feictear móitíf seo an aineolais go minic sna dánta deireanacha, cé go raibh sé i gcónaí tábhachtach i scríbhinní Huchel, (mar shampla 'Ní fheadair éinne an rún' sa dán 'I gCumhracht Ghiolcaí') nó scríobhann sé faoi chomharthaí nach bhfuil aon léamh in aon chor orthu. Téann tréine an mhothaithe sna dánta sin faoi easpa eolais an fhile go mór i bhfeidhm ar an léitheoir. Is fiú go mór na haistriúcháin sa chnuasach seo le Gabriel Rosenstock a léamh os ard chun binneas agus áilleacht na línte a mhothú i gceart.

Andrea Nic Thaidhg

Maigh Nuad 1994

An Spealadóir Polannach

DER POLNISCHE SCHNITTER

Klag nicht, goldäugige Unke,
im algigen Wasser des Teichs.
Wie eine grosse Muschel
rauscht der Himmel nachts.
Sein Rauschen ruft mich heim.

Geschultert die Sense
geh ich hinab die helle Chaussee,
umheult von Hunden,
vorbei an russiger Schmiede,
wo dunkel der Amboss schläft.

Draussen am Vorwerk
schwimmen die Pappeln
im milchigen Licht des Mondes.
Noch atmen die Felder heiss
im Schrei der Grillen.

O Feuer der Erde,
mein Herz hält andere Glut.
Acker um Acker mähte ich,
kein Halm war mein eigen.

Herbststürme, weht!
Auf leeren Böden
werden die hungrigen Schläfer wach.
Ich gehe nicht allein
die helle Chaussee.

Am Rand der Nacht
schimmern die Sterne
wie Korn auf der Tenne,
kehre ich heim ins östliche Land,
in die Röte des Morgens.

AN SPEALADÓIR POLANNACH

Ná caoin, a fhroig na súl órga,
in uisce screamhach na linne.
Mar a bheadh trumpa sliogáin mór ann
scairteann spéir na hoíche.
Glaonn a scairt abhaile mé.

An speal ar leathghualainn liom
siúlaim síos an mórbhóthar bán,
gadhair ag amhastrach thart orm,
thar an gceárta bhrocach
an inneoin ina codladh go dorcha.

Thíos cois an urthí
tá na poibleoga ar snámh
ar sholas lachtmhar na gealaí.
Análaíonn na móinéir teas amach go fóill
i measc scréach na gcriogar.

A bhéilteach na cruinne,
breo de shórt eile atá im chroíse.
Gort i ndiaidh goirt do spealas-sa,
is níor liom aon seamaide díobhsan.

Séidigí, a stoirmeacha an fhómhair!
Ar chláracha loma lochtaí
dúiseoidh sibh na codlatóirí ocracha.
Nílim ag siúl i m'aonar
ar an mórbhóthar bán.

Lonraíonn réaltaí
ar chiumhais na hoíche
mar ghrán ar urlár na hiothlainne,
mo thriall ar an domhan thoir,
le hamharscarthanach dhearg an lae.

Der Polnische Schnitter / An spealadóir Polannach

SOMMER

O Nüstern des Staubs!
Feuerschlund August,
Teiche schlürfend!

Die schartige Sense
des Winds
glüht im Rohr.

Im knisternden Schatten
brütender Garben
hockt der Sommer,
den nackten Fuss
von Stoppeln rissig.

Dich will ich rühmen,
Erde,
noch unter dem Stein,
dem Schweigen der Welt
ohne Schlaf und Dauer.

SAMHRADH

A pholláirí an dusta!
Craos tine Lúnasa
ag diúl linnte!

Lonraíonn sa ghiolcach
speal eangtha
na gaoithe.

Faoi scáth cnagarnach
na bpunann machnamhach
tá an samhradh ar a ghogaide,
a chos nocht
stróicthe ag an gcoinleach.

Tusa a mholfad,
a thalaimh,
fiú is an leac os mo chionn,
ciúnas na cruinne
nach eol dó suan ná buaine.

Sommer / Samhradh

DAS ZEICHEN

Baumkahler Hügel,
noch einmal flog
am Abend die Wildentenkette
durch wässrige Herbstluft.

War es das Zeichen?
Mit falben Lanzen
durchbohrte der See
den ruhlosen Nebel.

Ich ging durchs Dorf
und sah das Gewohnte.
Der Schäfer hielt den Widder
gefesselt zwischen den Knien.
Er schnitt die Klaue,
er teerte die Stoppelhinke.
Und Frauen zählten die Kannen,
das Tagesgemelk.
Nichts war zu deuten.
Es stand im Herdbuch.

Nur die Toten,
entrückt dem stündlichen Hall
der Glocke, dem Wachsen des Efeus,
sie sehen
den eisigen Schatten der Erde
gleiten über den Mond.
Sie wissen, dieses wird bleiben.
Nach allem, was atmet
in Luft und Wasser.

AN COMHARTHA

Cnoc lom gan crainn,
d'eitil athuair
um thráthnóna, slabhra na lachan fiáine
trí spéir bháiteach an fhómhair.

Arbh in é an comhartha?
Tholl an loch
le sleánna bánbhuí
an ceobhrán suaite.

Shiúlas tríd an sráidbhaile
is ba léir dom gach mar ba ghnáth.
Bhí reithe sáite ag an aoire
idir a dhá ghlúin.
Scamh sé an crúb,
tharráil bacadaíl an choinligh
Agus chomhair na mná na pigíní,
bleán an lae.
Ní raibh aon ní le míniú
Bhí na cuntais coinnithe.

Ach amháin na mairbh,
saor ó bhuille na huaire
ón gclog, ó fhás an eidhneáin,
feiceann siad
scáil oighreata an domhain
ar snámh trasna na gealaí.
Is eol dóibh gur buan dó sin.
I ndiaidh an uile ní
a tharraingíonn anáil san aer agus san uisce.

Wer schrieb
die warnende Schrift,
kaum zu entziffern?
Ich fand sie am Pfahl,
dicht hinter dem See.
War es das Zeichen?

Erstarrt
im Schweigen des Schnees,
schlief blind
das Kreuzotterndickicht.

Cé a scríobh
an scríbhinn rabhaidh,
doléite nach mór?
D'aimsíos ar chuaille í,
gar do bhruach thall an locha.
Arbh in é an comhartha?

Reoite
i dtost an tsneachta
chodail mothar na nathracha
gan amharc.

Das Zeichen / *An comhartha*

LANDSCHAFT HINTER WARSCHAU

Spitzhackig schlägt der März
das Eis des Himmels auf.
Es stürzt das Licht aus rissigem Spalt,
niederbrandend
auf Telegrafendrähte und kahle Chausseen.
Am Mittag nistet es weiss im Röhricht,
ein grosser Vogel.
Spreizt er die Zehen, glänzt hell
die Schwimmhaut aus dünnem Nebel.

Schnell wird es dunkel.
Flacher als ein Hundegaumen
ist dann der Himmel gewölbt.
Ein Hügel raucht,
als sässen dort noch immer
die Jäger am nassen Winterfeuer.
Wohin sie gingen?
Die Spur des Hasen im Schnee
erzählte es einst.

TÍRDHREACH LAISTIAR DE VÁRSÁ

Gona phiocóid ghéar scoilteann an Márta
oighear na spéire.
As na hollscoilteanna doirteann,
brúchtann solas
ar shreanganna teileagraif agus ar bhóithre loma.
Neadaíonn bán um nóin sa ghiolcach,
éan mór.
Nuair a leathann a chrobh, lonraíonn go glé
an craiceann scamallach tríd an gceo éadrom.

Dorchaíonn sé gan mhoill.
Níos éadoimhne ná carball gadhair
cuireann an spéir ansin cruit uirthi féin.
Deatach ar chnoc
amhail is gur shuigh na fiagaithe
i gcónaí cois tine thais an gheimhridh.
Cá ngabhadar?
Léiríodh tráth dúinn
lorg an ghiorria sa tsneachta.

THRAKIEN

Eine Flamme züngelt
hier Nachts am Boden,
es wirbelt weisses Laub.
Und mittags zerschellt
die Sichel des Lichts.
Das Rascheln des Sandes
zerklüftet das Herz.

Hebe den Stein nicht auf,
den Speicher der Stille.
Unter ihm
verschläft der Tausendfüssler
die Zeit.

Über den Pass,
gekerbt von Pferdehufen,
weht eine Mähne aus Schnee.
Mit rauchlosen Schatten
vieler Feuer
füllt sich am Abend die Schlucht.

Ein Messer
häutet den Nebel,
den Widder der Berge.
Jenseits des Flusses
leben die Toten.
Das Wort
ist die Fähre.

AN TRÁICIA

Leadhbann lasair an talamh
anseo istoíche,
duilliúr bán ag guairneáil.
Um nóin pléascann
corrán an tsolais.
Siosarnach an ghainimh
creimeann an croí.

Ná tóg an chloch,
coimeádán an tosta.
Faoina bun
meileann an mílechosach
an t-am ina shuan.

Os cionn an bhearnais sléibhe,
sclagach ó chrúba capall,
moing sneachta á síobadh.
Um thráthnóna líontar an ailt
le scáthanna na gcéadta tine
gan deatach.

Feannann scian
an ceo,
reithe na sléibhte.
Ar bhruach thall na habhann
a mhaireann na mairbh.
Is é an briathar
an faradh.

MONTEROSSO

Aufbrechende Knospe
eines Gitarrenakkords.
Es kündet die Bar
den Abend an.

Auf dem Domplatz
wickelt der Steinmetz
den Meissel ins Tuch.
Turmschwalbenschreie
schleifen die Luft.
Über den Bergen
die Marmorbrüche weisser Wolken,
vom Wind behauen.

Die ihn nicht fanden,
aller Gnaden Quell,
und blieben
beim Angelus
in siebenfacher Schuld,
sie lehnen am Boot
und prüfen
die Schärfe der Harpune.

UNTER DER KIEFER

Nadeln ohne Öhr,
der Nebel zieht
die weissen Fäden ein.
Fischgräten,
in den Sand gescharrt.
Mit Katzenpfoten
klettert der Efeu
den Stamm hinauf.

MONTEROSSO

Bachlóg chorda an ghiotáir
ag teacht i mbláth.
Fógraíonn an tábhairne
an tráthnóna.

Ar chearnóg na hardeaglaise
filleann an saor cloiche
a shiséal in éadach.
Cuireann scréach na ngabhlán gaoithe
faobhar ar an aer.
Os cionn na sléibhte
coiréil mharmair na scamall bán
snoite ag an ngaoth.

Iad siúd nach n-aimsíonn é,
tobar na ngrás uile,
agus ag teachtaireacht an aingil
a bhí peacach
faoi sheacht,
ligeann a dtaca leis an mbád
agus féachann
géire an harpúin.

FAOI BHUN NA GIÚISE

Snáthaidí gan chró,
cuireann an ceo
snáithe cadáis bháin iontu.
Cnámha éisc
scríobtha ar ghaineamh.
Gona lapaí cait
dreapann
eidhneán an tamhan.

Monterosso / Monterosso

Unter der Kiefer / Faoi bhun na giúise

AUFFLIEGENDE SCHWÄNE

Noch ist es dunkel, im Erlenkreis,
die Flughaut nasser Nebel
streift dein Kinn. Und in den See hinab,
klaftertief,
hängt schwer der Schatten.

Ein jähes Weiss,
mit Füssen und Flügeln das Wasser peitschend,
facht an den Wind. Sie fliegen auf,
die winterbösen Majestäten.
Es pfeift metallen.
Duck dich ins Röhricht.
Schneidende Degen
sind ihre Federn.

EALAÍ AG ÉIRÍ

Tá sé fós dorcha, i gcrios na bhfearnóg
scríobann sreabhann-eite an cheo thais
do smig. Agus síos sa loch,
fad feá,
luíonn an scáil go trom.

Báine thobann,
lascann an t-uisce lena lapaí is lena sciatháin,
greadann an ghaoth. Éiríd,
mórgachtaí olc an gheimhridh.
Siosarnach mhiotalach.
Crom do cheann sa ghiolcach.
Is claimhte goineacha iad
a gcluimhreach.

WINTERQUARTIER

Ich sitze am Schuppen
und öle mein Gewehr.

Ein streunendes Huhn
drückt mit dem Fuss
zart in den Schnee
weltalte Schrift,
weltaltes Zeichen,
zart in den Schnee
den Lebensbaum.

Ich kenne den Schlächter
und seine Art zu töten.
Ich kenne das Beil.
Ich kenne den Hauklotz.

Schräg durch den Schuppen
wirst du flattern,
kopfloser Rumpf,
doch Vogel noch,
der seinen zuckenden Flügel presst
jäh ans gespaltene Holz.

Ich kenne den Schlächter.
Ich sitze am Schuppen
und öle mein Gewehr.

BILLÉAD GEIMHRIDH

Cois botháin i mo shuí
olaím mo raidhfil.

Cearc sa tóir ar bhia
lena cos
rianaíonn go bog sa sneachta
scríbhinn chianársa,
comhartha cianársa,
go bog sa sneachta
crann na beatha.

Is eol dom an búistéir
agus a ealaín mharfach.
Is eol dom an tua.
Is eol dom an blocán gearrtha.

Rachaidh tú ag cleitearnach
tríd an mbothán,
stumpa gan chloigeann,
ach fós i d'éan,
sciathán preabach ag brú anuas
ar an adhmad scoilte.

Is eol dom an búistéir.
Cois botháin i mo shuí
Olaím mo raidhfil.

DIE GARTEN DES THEOPHRAST
Meinem Sohn

Wenn mittags das weisse Feuer
der Verse über den Urnen tanzt,
gedenke, mein Sohn. Gedenke derer,
die einst Gespräche wie Bäume gepflanzt.
Tot ist der Garten, mein Atem wird schwerer,
bewahre die Stunde, hier ging Theophrast,
mit Eichenlohe zu düngen den Boden,
die wunde Rinde zu binden mit Bast.
Ein Ölbaum spaltet das mürbe Gemäuer
und ist noch Stimme in heissen Staub.
Sie gaben Befehl, die Wurzel zu roden.
Es sinkt dein Licht, schutzloses Laub.

TRAUM IM TELLEREISEN

Gefangen bist du, Traum.
Dein Knöchel brennt,
zerschlagen im Tellereisen.

Wind blättert
ein Stück Rinde auf.
Eröffnet ist
das Testament gestürzter Tannen,
geschrieben
in regengrauer Geduld
unauslöschlich
ihr letztes Vermächtnis -
das Schweigen.

Der Hagel meisselt
die Grabschrift auf die schwarze Glätte
der Wasserlache.

GAIRDÍN THEOPHRAST
do mo mhac

Um nóin nuair a rinceann tine bhán
na rann os cionn na bprócaí in airde,
cuimhnigh, a mhic. Cuimhnigh orthu siúd
a chuireadh a gcomhráite mar chrainn.
Marbh an gairdín, m'anáil ag dul i ndéine,
caomhnaigh an uair, shiúil Theophrast anseo,
le coirt darach d'fhonn an talamh a leasú,
buadán snáithín a chur ar an stoc créachtach.
Scoilteann crann olóige an bhríceadóireacht bhriosc
Agus is glór é a chloistear fós sa bhrothall smúiteach.
D'ordaíodar go stoithfí an crann.
Do sholas ag dul i léig, a dhuilliúir gan chosaint.

TAIBHREAMH SA GHAISTE CRUACH

Taoi gafa, a thaibhrimh.
Breonn do mhurnán,
ina smidiríní sa ghaiste.

Iompaíonn an ghaoth
leathanach coirte.
Oscailte amach
tá tiomna na sprús leagtha,
scríofa
le foighne liathbháistí
doscriosta
a huacht bháis —
an tost.

Siséalann cloichshneachta
an uaighscríbhinn ar mhíne dhubh
an locháin.

PSALM

Dass aus dem Samen des Menschen
kein Mensch
und aus dem Samen des Ölbaums
kein Ölbaum
werde,
es ist zu messen
mit der Elle des Todes.

Die da wohnen
unter der Erde
in einer Kugel aus Zement,
ihre Stärke gleicht
dem Halm
im peitschenden Schnee.

Die Öde wird Geschichte.
Termiten schreiben sie
mit ihren Zangen
in den Sand.

Und nicht erforscht wird werden
ein Geschlecht,
eifrig bemüht,
sich zu vernichten.

SALM

As síol an duine
nár eascró aon duine
agus as síol an chrainn olóige
nár fhása
aon chrann olóige.
Tá sin le tomhas
le slat an bháis.

Iad siúd a chuireann fúthu
faoin talamh
i meall stroighne,
amhail seamaide féir
a neart,
faoi lascadh an tsneachta.

Beidh an fásach feasta ina ábhar seanchais.
É á scríobh ag teirmítí
lena n-ordóga
ar an ngaineamh.

Agus ní fhiosrófar arís
an speiceas
atá ag tabhairt go díocasach
faoi é féin a mhilleadh.

ANTWORT

Zwischen zwei Nächten
der kurze Tag.
Es bleibt das Gehöft.
Und eine Falle, die uns
im Dickicht der Jäger stellt.

Die Mittagsöde.
Noch wärmt sie den Stein.
Gezirp im Wind,
das Schwirren einer Gitarre
den Hang hinab.

Die Lunte
aus welkem Laub
glimmt an der Mauer.
Salzweisse Luft.
Pfeilspitzen des Herbstes,
Kranichzüge.

Im hellen Geäst
verhallt der Stundenschlag.
Spinnen legen
aufs Räderwerk
die Schleier toter Bräute.

FREAGRA

Idir dhá oíche
an lá gairid.
Níl fágtha ach an teaghlach.
Agus gaiste a chuir an sealgaire
sa mhothar dúinn.

Fásach nóna.
Téann fós an chloch.
Bíog sa ghaoth,
siorradh giotáir
le fána.

Aidhnín mall
an duilliúir dhreoite
ag luisniú ar an mballa.
An t-aer chomh bán le salann.
Reanna saighde an fhómhair,
corra ar imirce.

Sna géaga geala
éagann buille na huaire.
Ar oibreacha an chloig
leagann damháin alla
cailleacha na mbrídeog marbh.

EXIL

Am Abend nahen die Freunde,
die Schatten der Hügel.
Sie treten langsam über die Schwelle,
verdunkeln das Salz,
verdunkeln das Brot
und führen Gespräche mit meinem Schweigen.

Draussen im Ahorn
regt sich der Wind:
Meine Schwester, das Regenwasser
in kalkiger Mulde,
gefangen
blickt sie den Wolken nach.

Geh mit dem Wind,
sagen die Schatten.
Der Sommer legt dir
die eiserne Sichel aufs Herz.
Geh fort, bevor im Ahornblatt
das Stigma des Herbstes brennt.

Sei getreu, sagt der Stein.
Die dämmernde Frühe
hebt an, wo Licht und Laub
ineinander wohnen
und das Gesicht
in einer Flamme vergeht.

DEORAÍOCHT

Druideann cairde im leith um thráthnóna,
scáthanna na gcnoc.
Gabhaid go mall thar tairseach isteach,
dorchaíd an salann,
dorchaíd an t-arán
agus déanann allagar le mo thost.

Lasmuigh, sa seiceamar
corraíonn an ghaoth.
Mo dheirfiúr, an t-uisce spéire
ina log cailce,
gafa,
stánann ar na scamaill.

Imigh leis an ngaoth,
a deir na scáthanna.
Leagann an samhradh
corrán iarainn ar do chroí.
Imigh leat, sula ndófaidh
i nduilleog an tseiceamair stiogma an fhómhair.

Bí dílis, a deir an chloch.
Breacann an lá
san áit a gcónaíonn taobh le chéile
solas is duilliúr
agus éagann
an fhís ina laom.

DIE GAUKLER SIND FORT. Sie gingen
lautlos dem weissen Wasser nach.
Der Fähnrich und das Mädchen,
der bucklige Händler mit Ketten und Ringen,
sie alle sind fort.
Es blieb der Hügel,
wo sie sich trafen,
die Eiche, mächtig gegabelt,
in grüner Wipfelwildnis.

Mittags,
unter der Wärme des Steins,
hörst du Orgelklänge,
und eine Maske, maulbeerfarben,
weht durchs Gebüsch.

Die Eiche, mächtig gegabelt,
die den Donner barg —
in morscher Kammer des Baums
schlafen die Fledermäuse,
drachenhäutig.
Die hochberühmten Gaukler sind fort.

BHAILIGH NA LÁMHCHLEASAITHE LEO. Leanadar
go ciúin an t-uisce fionn.
An meirgire is an mhaighdean óg,
an mangaire gúngach gona shlabhraí, gona fháinní,
iad uile go léir chun siúil.
Níl fágtha ach an cnoc
ar a gcruinnídís,
an dair ollghabhlánach,
i lár cuilithe glas bharr na gcrann.

Um nóin,
faoi theas na cloiche
cloistear foinn orgáin
agus síobann masc, ar dhath na maoildeirge,
ar fud na dtor.

An dair, ollghabhlánach,
a d'iompair toirneach —
ina thamhan múscánta
codlaíonn na hialtóga,
iad draganchraicneach.
Bhailigh na lámhchleasaithe mórchlúiteacha leo.

VENEDIG IM REGEN

Noch im Nebel
leuchtet das Gold des Löwen,
das steinerne Laubwerk tropft.
Namen, meergeboren,
wer schrieb sie ins salzige Licht?
Keiner nennt
die grosse Geduld
der Pfähle.

Auf die Fähre
wartend im Regen,
der Poren
ins Wasser schlägt,
blick ich hinüber
zu den rostigen Schiffen
der Giudecca.

Die Seekarten schweigen.
Es schweigt
die Muschel
am Nacken des Steins.

AN VEINÉIS FAOIN mBÁISTEACH

Fiú sa cheo
lonraíonn ór an leoin,
duilliúr cloiche ag sileadh.
Ainmneacha, a saolaíodh san fharraige,
cé a bhreac isteach sa solas goirt iad?
Ní luann éinne
foighne mhór
na mullard.

Ag feitheamh ar an mbád farantóireachta
faoin mbáisteach,
a osclaíonn póireacha
san uisce,
féachaim anonn
ar bháid mheirgeacha
an Giudecca.

Na muirchairteacha ina dtost.
Ina thost
an bairneach
ar mhuineál na cloiche.

GEZÄHLTE TAGE

Gezählte Tage, Stimmen, Stimmen,
vorausgesandt durch Sonne und Wind
und im Gefolge rasselnder Blätter,
noch ehe der Fluss
den Nebel speichert im Schilf.

Vergiss die Stadt,
wo unter den Hibiskusbäumen
das Maultier morgens gesattelt wird,
der Gurt gezogen, die Tasche gepackt,
die Frauen stehn am Küchenfeuer,
wenn noch die Brunnen im Regen schlafen.
Vergiss den Weg,
betäubt vom Duft des Peifenstrauchs,
die schmale Tür,
wo unter der Matte der Schlüssel liegt.

Zwei Schatten,
Rücken an Rücken,
zwei Männer warten am frostigen Gras.
Stunde,
die nicht mehr deine Stunde ist,
Stimmen,
vorausgesandt durch Nebel und Wind.

LAETHANTA ATÁ COMHAIRTHE

Laethanta atá comhairthe, guthanna, guthanna,
a seachadadh ar aghaidh tríd an ngrian is tríd an ngaoth,
ar lorg na nduilleog gliograch,
sula dtosnaíonn an abhainn
ar cheo a stóráil sa ghiolcach.

Dearúd an baile
áit a gcuirtear an diallait ar an miúil
gach maidin faoi na hocais,
fáisctear an giorta, pacáiltear an mála,
seasann na mná cois tine sa chistin
agus na toibreacha fós ina gcodladh faoin mbáisteach.
Dearúd an cosán
atá ar mearbhall ag cumhracht na siringe,
an doras cúng
is an eochair ina luí faoin mata.

Dhá scáth
cúl le cúl,
beirt fhear ag feitheamh san fhéar cuisneach.
Uair,
nach leat mar uair níos mó í,
guthanna
a seachadadh ar aghaidh tríd an gceo is tríd an ngaoth.

DIE WASSERAMSEL

Könnte ich stürzen
heller hinab
ins fliessende Dunkel

um mir ein Wort zu fischen,

wie diese Wasseramsel
durch Erlenzweige,
die ihre Nahrung

vom steinigen Grund des Flusses holt.

Goldwäscher, Fischer,
stellt eure Geräte fort.
Der scheue Vogel

will seine Arbeit lautlos verrichten.

AN GABHA UISCE

Dá bhféadfainn scinneadh
anuas níos gile
ar an doircheacht líofa

agus focal a cheapadh dom féin,

ar nós an ghabha uisce seo
trí ghéaga na fearnóige
d'fhonn teacht ar a lón

ar leaba chlochach na habhann.

A niteoirí óir, a iascairí
cuirigí bhur bhfearas i leataobh.
Is mian leis an éan támáilte

a chúram a chur de go ciúin.

AUF DEN TOD VON V.W.

Sie vergass die Asche
auf den gekrümmten Tasten des Klaviers,
das flackernde Licht in den Fenstern.

Mit einem Teich begann es,
dann kam der steinige Weg,
der umgitterte Brunnen, von Beifuss bewachsen,
die löchrige Tränke unter der Ulme,
wo einst die Pferde standen.

Dann kam die Nacht,
die wie ein fallendes Wasser war.
Manchmal, für Stunden,
ein Vogelgeist,
halb Bussard, halb Schwan,
hart über dem Schilf,
aus dem ein Schneesturm heult.

AR BHÁS V.W.

Dhearúd sí an luaith
ar eochracha fiara an phianó,
an solas preabarnach sna fuinneoga.

Lochán ar dtús,
cabhsa clochach ansin,
an tobar ráillithe, liathlus thart air,
umar silteach faoin leamhán
áit a seasadh, tráth, na capaill.

Tháinig an oíche ansin
mar a bheadh uisce ag sileadh ann.
Ó am go chéile, ar feadh na n-uaire,
spiorad éin,
leathchlamhán, leatheala,
díreach os cionn na giolcaí
as a mbúireann stoirm shneachta.

Auf den Tod von V.W. / Ar bhás V.W.

UNTER DER BLANKEN HACKE DES MONDS
werde ich sterben,
ohne das Alphabet der Blitze
gelernt zu haben.

Im Wasserzeichen der Nacht
die Kindheit der Mythen,
nicht zu entziffern.

Unwissend
stürz ich hinab,
zu den Knochen der Füchse geworfen.

FAOI MHATÓG GHLÉ NA GEALAÍ

a chaillfear mé,
gan aibítir na tintrí
a bheith foghlamtha agam.

I gcomhartha uisce na hoíche
óige na miotas,
doscaoilte.

Aineolach
tugaim dúléim síos,
caite chuig cnámha na sionnach.

APRIL '63

Aufblickend vom Hauklotz
im leichten Regen,
das Beil in der Hand,
seh ich dort oben im breiten Geäst
fünf junge Eichelhäher.

Sie jagen lautlos, geben Zeichen
von Ast zu Ast,
sie weisen der Sonne
den Weg durchs Nebelgebüsch.
Und eine feurige Zunge fährt in die Bäume.

Ich bette mich ein
in die eisige Mulde meiner Jahre.
Ich spalte Holz,
das zähe splittrige Holz der Einsamkeit.
Und siedle mich an
im Netz der Spinnen,
die noch die Öde des Schuppens vermehren,
im Kiengeruch
gestapelter Zacken,
das Beil in der Hand.

Aufblickend vom Hauklotz
im warmen Regen des April,
seh ich an blanken
Kastanienästen
die leimigen Hüllen
der Knospen glänzen.

AIBREÁN '63

Na súile ardaithe ón mblocán gearrtha
faoin mbáisteach bhog,
an tua im lámh agam,
siúd in airde sna géaga leathana
chím cúig scréachóg óga.

Seilgeann gan fhuaim, comharthaíonn
ó ghéag go géag,
taispeánann an tslí
don ghrian trí chasarnach an cheo.
Agus scinneann trí na crainn teanga loiscneach.

Luím síos
i log oighir na mblianta.
Scoiltim adhmad,
adhmad dúr scealpach an uaignis.
Agus socraím síos
i líontaibh damhán alla,
a mhéadaíonn ar dhiamhracht an bhotháin,
i gcumhracht roisíneach
an chairn bhrosna,
an tua im lámh agam.

Na súile ardaithe ón mblocán gearrtha
faoi bháisteach theolaí an Aibreáin,
ar ghéaga loma
na gcastán
feicim crotail ghlaeúla
na mbachlóg ag glioscarnach.

MEINUNGEN

Die Leute sagen im Ort:
Drei Kieselsteine,
vor eine Strassenwalze
geworfen.

Die Freunde sagen:
Tauwetter kommt
und legen beschneite Mäntel ab.

Einer, für Jahre
eingesessen in Bautzen,
stellt sich ans Fenster und liest.

Bald füllt sich das Zimmer
mit jungen und alten Stimmen,
mit Tabak und Asche,
mit Hoffnung und Zweifel.

Die Katzen,
die hinter der Tür
auf der Treppe dämmern,
sind weise und schweigen.

TUAIRIMÍ

Deir muintir na háite:
trí phúróg
a caitheadh os comhair
an ghalrollóra.

Deir mo chairde:
coscairt chugainn
agus bainid díobh a gcótaí atá breactha le sneachta.

Duine a chaith na blianta
i ngéibheann in Bautzen
téann chuig an bhfuinneog agus léann.

Ní fada go líontar an seomra
le guthanna óga is le seanghuthanna,
le tobac agus le luaith,
le dóchas agus le hamhras.

Na cait, ag míogarnach
laistiar den doras
ar an staighre, sa mheathsholas,
táid stuama, is ní deir siad faic.

PE-LO-THIEN

Lass mich bleiben
im weissen Gehölz,
Verwalter des Windes
und der Wolken. Erhell
die Gedanken einsamer Felsen.

Aus eisigen Wassern
tauchen die Tage auf,
störrisch und blind.
Mit geschundenen Masken
suchen sie frierend
das dünne Reisigfeuer
des Verfemten,
der hinter der Mauer lebt
mit seinen Kranichen und Katzen.

PÉ-LÓ-TIEN*

Lig dom fanacht
sa choill fhionn,
feighlí na gaoithe
is na scamall. Smaointe
na creige uaigní a niamhú.

Taibhsíonn na laethanta
as uiscí oighreata,
stobarnáilte agus caoch.
Gona maisc ghioblacha
agus iad reoite, lorgaíonn siad
brosna suarach
an cheithearnaigh choille
a mhaireann laistiar den bhalla,
é féin is a chuid corr is a chuid cat.

* Ar a dtugtar, leis, Po-Chü-I (A.D. 772-846)

Pe-Lo-Thien / Pé-Ló-Tien

DIE ENGEL

Ein Rauch,
ein Schatten steht auf,
geht durch das Zimmer,
wo eine Greisin,
den Gänseflügel
in schwacher Hand,
den Sims des Ofens fegt.
Ein Feuer brennt.
Gedenke meiner,
flüstert der Staub.

Novembernebel, Regen, Regen
und Katzenschlaf.
Der Himmel schwarz
und schlammig über dem Fluss.
Aus klaffender Leere fliesst die Zeit,
fliesst über die Flossen
und Kiemen der Fische
und über die eisigen Augen
der Engel,
die niederfahren hinter der dünnen Dämmerung,
mit russigen Schwingen zu den Töchtern Kains.

Ein Rauch,
ein Schatten steht auf,
geht durch das Zimmer.
Ein Feuer brennt.
Gedenke meiner,
flüstert der Staub.

NA hAINGIL

Deatach,
Éiríonn scáil ina seasamh,
siúlann trasna an tseomra
áit a bhfuil cailleach
cleite gé
ina lámh lag,
scuabann leac na sornóige.
Tine ag dó.
Cuimhnigh orm
a deir an smúit i gcogar.

Ceo Samhna, fearthainn, fearthainn
agus codladh na gcat.
An spéir dubh
agus modartha os cionn na habhann.
As folús mantach sníonn an t-am,
sníonn thar eití
is thar gheolbhach na n-iasc
is thar shúile oighreata
na n-aingeal
a thuirlingíonn laistiar den chrónachan tanaí,
le sciatháin súicheacha ar iníonacha Cháin.

Deatach,
éiríonn scáil ina seasamh,
siúlann trasna an tseomra.
Tine ag dó.
Cuimhnigh orm
a deir an smúit i gcogar.

Die Engel / Na haingil

AM TAGE MEINES FORTGEHNS
entweichen die Dohlen
durchs glitzernde Netz der Mücken.

Am Acker klebt
der Rauch des Güterzuges,
der Himmel regenzwirnig,
dann grau gewalkt,
ein schweres Tuch,
niedergezogen
von der nassen Fahrspur.

Namen,
vernarbt und überwuchert
von neuen Zellen,
wie die verzerrte Schrift
im Baum —
ein eisiger Hauch
fegt über die Tenne der Worte.
Die Mittagsdistel erlosch
im heuigen Licht der Scheune.

Die leichte Dünung
wehender Gräser
verebbt an den Steinen.
Gealtert
geht das Jahr
mit stumpfer Axt, ein Tagelöhner,
auf den Spuren des Dachses
über die Hügel davon.
Die Leere saust
in den lehmigen Löchern
der Uferschwalben.

AR LÁ SEO M'IMEACHTA
caolaíonn na cága leo
trí eangach ghlioscarnach míoltóg.

Greamaíonn gal
ón traein earraí den bhranar,
an spéir ar shnáithe fearthainne
ansin ramhraithe agus glas,
éadach trom
tarraingthe anuas
ag an sclaig fhliuch.

Ainmneacha,
cneasaithe, méadaithe
ag cealla nua
ar nós na scríbhinne camtha
ar an gcrann -
scuabann anáil oighreata
trí urlár buailte na bhfocal.
Múchadh feochadán na nóna
i bhféarsholas an sciobóil.

Tránn lagbhrúcht
na mbrobh séidte
in aghaidh na mbollán.
Críonna
gabhann an bhliain, an spailpín,
le tua mhaol
ar lorg an bhroic
thar na cnoic i gcéin.
Búireann an folús
i bpoill nide dóibe
na ngabhlán gainimh.

HUBERTUSWEG

Märzmitternacht, sagte der Gärtner,
wir kamen vom Bahnhof
und sahen das Schlusslicht des späten Zuges
im Nebel erlöschen. Einer ging hinter uns,
wir sprachen vom Wetter.
Der Wind wirft Regen
aufs Eis der Teiche,
langsam dreht sich das Jahr ins Licht.

Und in der Nacht
das Sausen in den Schlüssellöchern.
Die Wut des Halms
zerreisst die Erde.
Und gegen Morgen wühlt
das Licht das Dunkel auf.
Die Kiefern harken Nebel von den Fenstern.

Dort unten steht,
armselig wie abgestandener Tabakrauch,
mein Nachbar, mein Schatten
auf der Spur meiner Füsse, verlass ich das Haus.
Missmutig gähnend
im stäubenden Regen der kahlen Bäume
bastelt er heute am rostigen Maschendraht.
Was fällt für ihn ab, schreibt er die Fahndung
ins blaue Oktavheft, die Autonummern meiner Freunde,
die leicht verwundbare Strasse belauernd,
die Konterbande,
verbotene Bücher,
Brosamen für die Eingeweide,
versteckt im Mantelfutter.
Ein schwaches Feuer nähre mit einem Ast.

SRÁID HUBERT

Meánoíche an Mhárta, a deir an garraíodóir,
ar ár mbealach ón stáisiún traenach,
agus chonaiceamar solas cúil na traenach oíche
ag dul as sa cheo. Bhí duine éigin ár leanúint,
labhramar faoin aimsir.
Radann an ghaoth báisteach
le hoighear na lochán,
iompaíonn an bhliain go mall i dtreo an tsolais.

Agus an oíche sin
búir i bpoill na heochrach.
Lascann goimh na seamaidí
an talamh.
Agus ag druidim le bánú an lae
coipeann an solas an doircheacht.
Rácálann na giúiseanna an ceo de na fuinneoga.

Thíos ansin,
chomh dearóil le gal tobac stálaithe,
seasann mo chomharsa, mo scáil
a leanann mo lorg, nuair a fhágaim an tigh.
Ag méanfach go duairc
faoi mhinfhearthainn na gcrann lom,
ag méiseáil inniu atá sé le sreang mheirgeach an fháil.
Pé maitheas a dhéanfaidh sé dó má bhreacann sé fianaise
ina chóipleabhar gorm, carruimhreacha mo chairde,
súil á coimeád aige ar an tsráid leochaileach,
ar an gcontrabhanna,
ar leabhair choiscthe,
ar ghrabhróga aráin dár mbolg,
faoi cheilt i líneáil ár gcótaí.
Cipín aonair ar thine lag.

Ich bin nicht gekommen,
das Dunkel aufzuwühlen.
Nicht streuen will ich vor die Schwelle
die Asche meiner Verse,
den Eintritt böser Geister zu bannen.

An diesem Morgen
mit nassem Nebel
auf sächsisch-preussischer Montur,
verlöschenden Lampen an der Grenze,
der Staat die Hacke,
das Volk die Distel,
steig ich wie immer
die altersschwache Treppe hinunter.

Vor der Keilschrift von Ras Schamra
seh ich im Zimmer meinen Sohn
den ugaritischen Text entziffern,
die Umklammerung
von Traum und Leben,
den friedlichen Feldzug des Königs Keret.
Am siebenten Tag,
wie IL, der Gott verkündet,
kam heisse Luft und trank die Brunnen aus,
die Hunde heulten,
die Esel schrieen laut vor Durst.
Und ohne Sturmbock ergab sich eine Stadt.

Níor thánasa
chun an doircheacht a choipeadh.
Ná ní scaipfead os comhair na tairsí
luaithreach mo véarsaí
chun an cat mara a choimeád ó dhoras.

An mhaidin seo
agus ceo tais
ar a éide Phrúiseach-Shacsanach,
soilse ag dul as ar an teorainn,
matóg é an Stát,
feochadán an pobal,
téim mar is gnáth
síos na staighrí corracha.

Sa seomra feicim mo mhac
agus téacs dingchruthach Ugairitise
de chuid Ras Schamra á imscaoileadh aige,
bracadh
na brionglóige is na beatha,
feachtas síochána an Rí Keret.
Ar an seachtú lá
mar a fhógraíonn ÍOL, an dia,
tháinig aer te a d'ól na toibreacha go tóin,
lig na madraí uaill astu,
bhéic na hasail le méid a dtarta.
Is níor ghá reithe cogaidh chun an chathair a chloí.

PFEILSPITZE DES ADA

Bewohner der kahlen Berge,
Nachzügler, Zelte, flatternd und finster,
unduldsam der Tod,
als stürze er von der Sonne hinab
in gleissende Ziegelscherben.

Sandkauend, in Stössen
und Wirbeln der Wind,
der heiss durch die Disteln fegt.
Eselfarben die Mauer,
lehmrissig,
der Mann, der sich nähert,
geht ohne Schatten.

Einst fliege ich auf
zu den Gazellen des Lichts,
sagt eine Stimme.

RINN SAIGHDE ADA

Áitreabhaigh na lomshléibhte,
straigléirí, pubaill ag brataíl go duairc,
an bás neamhfhulangach
amhail is gur tháinig d'fhoighdeán ón ngrian anuas
trí shligí lonracha isteach.

Ag cogaint gainimhe, de roiseadh
guairneánach an ghaoth
ag scuabadh go loiscneach léi trí fheochadáin.
Na ballaí ar dhath na n-asal,
moirtscoilte,
gabhann fear thar bráid
gan scáil.

Lá éigin eitleod in airde
chuig gasailí an tsolais,
a deir guth éigin.

MELPOMENE

Bitterstachlig der Wald,
kein Küstenwind, kein Vorgebirge,
Das Gras verfilzt, der Tod wird kommen
mit Pferdehufen, endlos
über die Steppenhügel, wir gingen zurüchk,
am Himmel suchend das Kastell,
das nicht zu schleifen war.

Feindselig die Dörfer,
die Hütten hastig geräumt,
im Dachgebälk geräucherte Haut,
Fangnetze und Knochenamulette.
Überall im Land nur böse Verehrung,
Tierhäupter im Nebel, Wahrsagerei
aus geschnittenen Weidenruten.

Später, im Norden,
hirschäugige Männer
jagten auf Pferden vorbei.
Wir begruben die Toten.
Mühsam war es,
die Axt ins Erdreich zu schlagen,
Feuer musste den Boden auftauen.

Das Blut geopferter Hähne
wurde nicht angenommen.

MELPOMENE

Géar goirt í an fhoraois
níl gaoth tíre ann, níl spoir sléibhe ann,
an féar stothach, tiocfaidh an bás
is crúba capaill faoi, de shíor
thar chairn na steipeanna ár gcúlú,
an spéir á cuardach againn don daingean úd
nach sárófaí.

Naimhdeach iad na buailtíní,
na botháin glanta amach faoi dheifir,
ar bhíomaí an áiléir na craicne deataithe,
mogalra gaiste, briochtanna cnámh.
Ar fud an bhaill urraim an oilc,
cloigne ainmhithe sa cheo, fáidheadóireacht
le slata sailí.

Ar ball, ó thuaidh
chomáin lucht na súl carria
thar bráid ar muin capall.
D'adhlacamar na mairbh.
Ba dhoiligh
an ithir a bhriseadh lenár dtuanna,
b'éigean tine a chur léi lena coscairt.

Níor glacadh le fuil
na gcoileach íobartha.

Melpomene / Melpomene

ARISTEAS I

Die erste Frühe,
als im Gewölk das Gold
der Toten lag. Es schlief der Wind,
wo im Geäst
die nebelgefiederte Krähe sass.

Der Vogel flog,
sein Fittich schlug das Licht
im Erlengrau,
die milchige Haut der Steppe.

>   Ich, Aristeas,
>   als Krähe einem Gott gefolgt,
>   ich schweife,
>   vom Traum gerissen,
>   durch Lorbeerhaine des Nebels,
>   mit starrem Flugel den Morgen suchend.
>   Ich spähte
>   in schneeverkrustete Höhlen,
>   Gesichter, einäugig, feuerbeschienen,
>   versanken im Rauch.
>   Und Pferde standen, vereist die Mähnen,
>   an Pflöcke gefesselt mit Riemen aus Russ.

Die Krähe strich
ins winterliche Tor,
strich durch verhungertes Gesträuch.
Frost stäubte auf.
Und eine dürre Zunge sprach:
Hier ist das Vergangene ohne Schmerz.

AIRISTÉAS I

Amhscarthanach,
nuair a luigh sna scamaill
ór na marbh. Chodail an ghaoth,
áit ar shuigh i measc na gcraobh
an préachán ceochleiteach.

D'eitil an t-éan,
bhuail a sciatháin an solas
i léithe na bhfearnóg,
seithe bhán na steipe.

> Téimse, Airistéas,
> im phréachán is im chéile Dé
> ar fán,
> comáinte ag taibhreamh,
> trí gharráin labhrais na minfhearthainne
> righinsciathánach ag cuardach na maidine.
> Ghliúcaíos
> i gcuasa a bhí cumhdaithe le sneachta,
> aghaidheanna aonsúileacha tinelasta,
> chuadar as sa deatach.
> Agus sheas na capaill, a moingeanna reoite,
> ceangailte de chuaillí, a n-úimeanna súiche.

Ghabh an préachán
tríd an ngeata geimhreata,
trí sceacha ocracha.
Sioc ina dheannach aníos.
Agus labhair teanga thur:
San áit seo ní diachrach iad na laethanta a d'imigh.

ARISTEAS II

Die Einsamkeit
der Pfähle im brackigen Wasser,
an lecker Bootswand
kratzt eine tote Ratte.
Hier sitze ich mittags,
ein alter Mann,
im Schatten des Hafenschuppens
auf einem Mühlstein.

Flusslotse einst,
doch später fuhr ich Schiffe, arme Frachten,
hoch in den Norden durch die Gezeiten.
Die Kapitäne zahlten mit Konterbande,
es liess sich leben, Weiber genug
und Segeltuch.

Die Namen verdämmern,
keiner entziffert den Text,
der hinter meinen Augen steht.
Ich, Aristeas, Sohn des Kaystrobios,
blieb verschollen,
der Gott verbannte mich
in diesen engen schmutzigen Hafen,
wo unweit der kimmerischen Fähre
das Volk mit Fellen und Amuletten handelt.

Noch stampft die Walkmühle nachts.
Manchmal hocke ich als Krähe
dort oben in der Pappel am Fluss,
reglos in der untergehenden Sonne,
den Tod erwartend,
der auf vereisten Flössen wohnt.

AIRISTÉAS II

Uaigneas
na gcuaillí sa bhreacsháile,
scríobann francach marbh
ar chláir shilteacha an bháid.
Is anseo a shuím um nóin,
im sheanduine,
faoi scáth bhothán an chuain
ar bhró mhuilinn.

Tráth im phíolóta báirse,
longa ar ball, lastaí gan luach,
i bhfad ó thuaidh trí thaoidí.
Contrabhanna mo phá ó na captaein,
bhí mo lá agam, dóthain ban
is anairte.

Doiléirítear ainmneacha orm,
níl léamh ag éinne ar an téacs
atá laistiar dem shúile.
Mise, Airistéas, mac Kaystrobios,
chuas ar iarraidh,
chuir an dia ar deoraíocht mé
go dtí an calafort cúng brocach seo,
áit a reictear seithí agus briochtanna
gar don fharadh Ciméarach.

Turlabhait ón muileann ramhraithe i gcónaí istoíche.
Ar mo ghogaide dom ar uairibh im phréachán
ansin in airde ar an bpoibleog cois abhann,
gan chorraíl faoi luí na gréine,
ag feitheamh leis an mbás
a chónaíonn ar na raftaí oighrithe.

Aristeas II / Airistéas II

WINTERMORGEN IN IRLAND

Der Teufel sitzt nachts
im Beichtstuhl des Nebels
und spricht die Verzweifelten an.
Am Morgen verwandelt er sich
in eine Elster,
die lautlos über den Hohlweg fliegt.

Im Winterverlies
das brüchige Gold der Toten
am Eichengesträuch.
Licht rodet die Kälte.
Die vertrauten Gesichter der Dächer
erscheinen wieder.

Die Exerzitien
des Windes über dem Meer,
der erste Eselschrei.
Der Schatten eines Vogels schwebt
am hängenden Felsen die Klippe hinauf.

Die Brandung,
der gleitende Wall aus Wasser und Licht,
die irische See
verrät nicht, ob Regen
den Mittag begraben wird.

MAIDIN GHEIMHRIDH IN ÉIRINN

An diabhal ina shuí
i mbosca faoistine an cheo
agus labhrann leo siúd atá in umar na haimléise.
Ar maidin deintear
snag breac de
a eitlíonn go ciúin anonn os cionn na hailte.

I nduinsiún an gheimhridh,
ór briosc na marbh
ar ghrágán darach.
Tanaíonn solas an fuacht.
Nochtann athuair
aghaidheanna aithnidiúla na ndíonta.

Cleachtaí spioradálta
na gaoithe os cionn an tsáile,
an chéad ghrágaíl asail.
Scáth éin ar foluain
an aill aníos faoi chreaga.

Bruth farraige,
balla sleamhnáin uisce agus solais,
ní insíonn
an mhuir Éireannach an adhlacfaidh
báisteach an nóin.

Wintermorgen in Irland / Maidin gheimhridh in Éirinn

IN MEMORIAM GÜNTER EICH

Hinfliessen wird der Himmel,
aber wir werden dem Schnee,
der ins schwarze Wasser sinkt,
kein Tedeum mehr sprechen.

Ein verwüstetes Haus zwischen Himmel und Erde.
Im Torweg die Kröte,
noch immer
die goldene Krone auf dem Kopf.

FRIEDE

Zugzeiten der Vögel.
In den stachligen
Grannen gedroschener Ähren
wohnt noch die milde Leere des Sommers.
In den Schiesscharten des Wasserturms
wuchert das Gras.

IN MEMORIAM GÜNTER EICH

Sníofaidh an spéir chun siúil,
Te Deum ar bith ní chanfaimid
don sneachta ag dul faoi
sa dubhuisce.

Tigh scriosta idir spéir is talamh.
An bhuaf ag an ngeata
i gcónaí
is an choróin órga ar a cloigeann.

SÍOCHÁIN

Tráth imirce na n-éan.
I gcoilg chliptheacha
na ndias arbhair buailte
cónaíonn fós folús sámh an tsamhraidh.
I scoilteacha lámhaigh an túir uisce
an féar go rábach.

Friede / Síocháin

BLICK AUS DEM WINTERFENSTER

Kopfweiden, schneeumtanzt,
Besen, die den Nebel fegen.
Holz und Unglück
wachsen über Nacht.
Mein Messgerät
die Fieberkurve.

Wer geht dort ohne Licht
und ohne Mund,
schleift übers Eis
das Tellereisen?

Die Wahrsager des Waldes,
die Füchse mit schlechtem Gebiss
sitzen abseits im Dunkel
und starren ins Feuer.

RADHARC AS FUINNEOG AN GHEIMHRIDH

Crainn sailí bharrscoite, damhsa sneachta ina dtimpeall.
Scuaba a ghlanann an ceo.
Fásann thar oíche
idir adhmad is mí-ádh.
Is é an tomhsaire agam
ná an cuar teochta.

Cé sin agam ann gan solas
agus gan bhéal
a shleamhnaíonn thar oighear
a ghaiste cruach?

Lucht feasa na foraoise,
na sionnaigh gona bhfiacla lofa
suíonn leo féin sa dorchadas
ag stánadh ar an tine.

DIE NEUNTE STUNDE

Die Hitze sticht in den Stein
das Wort des Propheten.
Ein Mann steigt mühsam
den Hügel hinauf,
in seiner Hirtentasche
die neunte Stunde,
den Nagel und den Hammer.

Der trockene Glanz der Ziegenherde
reisst in der Luft
und fällt als Zunder hinter den Horizont.

DIE KATZE

Der Wintermorgen,
noch dunkel in der Schneeverwehung des Traums,
im Schuppen verstreut
Maiskolbengerippe,
ein Gesicht aus Wasserdunst
vergeht in der Luke.

Was die Katze
hinter den Augen verbirgt,
nicht weiss es der Rauhreif,
das Salz der Hexen.

AN NAOÚ hUAIR

Sánn an teas sa charraig
briathar an fháidh.
Dreapann duine an cnoc
go traochta,
ina mhealbhóg aoire
an naoú huair,
an tairne agus an casúr.

Loinnir thur na ngabhar
á sracadh san aer
go dtiteann mar bhrosna laistiar d'fhíor na spéire.

AN CAT

An mhaidin gheimhridh,
fós dorcha i ráth sneachta na brionglóide,
scaipthe ar fud an bhotháin
creatlaigh an arbhair mhilis,
aghaidh a snoíodh as gal
leánn sa spéirléas.

An ní a cheileann
an cat laistiar dá dhá shúil
sin rud ná feadair an glasreo,
salann na mban feasa.

Die Katze / An cat

ENTZAUBERUNG

In die Scheunenwand
zeichnet die Nässe
den verfemten König.

Er geht in der Kälte
durchlöcherter Zäune
den lehmigen Feldweg hinunter.
Er zieht am Geschirr
die Maultierstute
mit Körben bepackt, mit Kesseln und Töpfen,
und schwindet im Regen
am Mittelgraben hinter den Weiden.

Es ist Itau,
der Zigeuner, vergangenen Sommer
lag er am Vorwerk im groben Stroh
der rostigen Dreschmaschine.

Die Frau des Pächters erzählt,
sie habe ihn im späten Oktober
am Rand der Brache gesehn.
Er ging im Kreis
und schlug in die Luft das Zeichen,
ein Feuer fuhr aus der Erde,
das ohne Rauch
mit finsterer Flamme versank.

In Wahrheit
zog Itau, der Zigeuner,
im hellen Juli
durchs Bischofslila der Disteln
für immer fort.

GEISBHRISEADH

Ar bhalla an sciobóil
rianaíonn an fraighfhliuchras
rí na bhfiann.

Siúlann sa bhfuacht
trí fhálta pollta
cosán móinéir na láibe síos.
Baineann tarraingt as úim
na miúile
faoi ualach ciseán, citeal is potaí,
imíonn as radharc faoin mbáisteach
cois an chlaí láir laistiar de na crainn sailí.

Eisean Itau,
an Ghiofóg, an samhradh seo caite
luigh sé san urtheach ar an gcochán garbh
a d'fhág an t-inneall buailte meirgeach.

Deir bean an fheirmeora thionónta
go bhfaca sí é amach i mí Dheireadh Fómhair
ar imeall an bhranair.
Shiúil sé i gciorcal
agus tharraing san aer an comhartha.
Léim tine as an talamh,
dhóigh gan aon deatach aisti
le lasair dhorcha gur éag.

Is é fírinne an scéil
ná gur bhailigh Itau, Giofóg, leis
i lár ghile mhí Iúil
trí chorcra easpagúil na bhfeochadán
go deo deo.

Entzauberung / Geisbhriseadh

EIN TOSCANER

Ist es die Stunde,
das Silber von den Dächern zu nehmen,
den Tau von den Blättern des Ölbaums zu schütteln?

Hinfällig
wie der Staub auf vergilbten Manuskripten
ist mein Leben geworden.

Nicht überschreite
die Säulen des Hercules.
Der Tod, der mürrische Maultiertreiber,

ich sah ihn gestern abend am Stall,
umschwirrt von Bremsen,
er weiss den Weg.

Bald deckt
das schwarze Profil der Berge
den Weinstock und die Brunnen zu.

BRETONISCHER KLOSTERGARTEN

Der Mittag breitästiger Ulmen.
Der Gichtbrüchige schläft
im Klappstuhl aus Segeltuch.

Engel, schmerzliche Geheimnisse,
gehen durch hohes Gras
und rufen versunkene Namen.

Der leichte Widerhall von Schritten,
Bittgänge, Gespräche im Laub,
nur von der Amsel vernommen.

TUSCÁNACH

An tráth é
chun an t-airgead a bhaint de na díonta,
an drúcht a chraitheadh de dhuilleoga na gcrann olóige?

Mar dhusta ar lámhscríbhinní buíte
tá mo shaolsa
ina neamhní.

Ná gabh
thar Cholúin Earcail.
An bás, giolla úd dúr na miúileanna,

chonac aréir taobh leis an stábla é,
creabhair ag seabhrán ina thimpeall,
is aige atá fios an bhóthair.

Clúdóidh
imlíne dhubh na sléibhte ar ball
idir fhíniúnacha is toibreacha.

GAIRDÍN MAINISTREACH SA BHRIOTÁIN

Nóin na leamhán leathanghéagach.
Ciaptha ag an ngúta codlaíonn fear
ina chathaoir infhillte d'éadach seoil.

Aingil, rúin pheannaideacha,
gluaiseann tríd an bhféar ard
agus scairteann amach ainmneacha atá dearmadta.

Macalla fann coiscéimeanna,
rogáidí, allagar sa duilliúr
nach dtugann ach an lon cluas dóibh.

IM KALMUSGERUCH dänischer Wiesen
liegt immer nocht Hamlet
und starrt in sein weisses Gesicht,
das im Wassergraben leuchtet.

Das letzte Wort
blieb ungesagt,
es schwamm auf dem Rücken der Biber fort.
Keiner weiss das Geheimnis.

NACHTS

Über den Wolken
das Knarren von Wagenrädern,
Landflüchtige,
unterwegs.

Handfeste Burschen
räumen den Nebel weg,
tragen schlafende Frauen
über die Furt.

Röhricht,
kaum zu erkennen.
Ein Mann,
das Fangnetz über die Schulter geworfen,
steht am Gewässer
und weidet die Fische aus.

Wundmale
die Kiemen der Fische,
sie leuchten im Mond.

Das Wort, ausgesät für die Nacht,
treibt fort, wurzelt im Wind.
Endlos
die Regenlitanei.

I gCUMHRACHT GHIOLCAÍ mhóinéir na Danmhairge
tá Hamlet ina luí i gcónaí
agus stánann ar a chuntanós cailce
a lonraíonn sa díog uisce.

An focal scoir
ní duradh riamh,
shnámh sé ar dhroim an mbéabhar chun siúil
Ní fheadair éinne an rún.

ISTOÍCHE

Os cionn na scamall
Díoscán rothaí cairte,
teifigh
ar a slí.

Slatairí
scuabaid an ceo chun siúil,
mná ina gcodladh á n-iompar acu
an t-áth anonn.

Giolcach,
le feiscint ar éigean.
Fear
agus líon scríbe caite thar a ghuaillí aige
ina sheasamh cois uisce
ag baint as an iasc.

Méirscrí
iad na geolbhaí
ag glioscarnach faoin ngealaigh.

Tá an briathar curtha, i gcomhair na hoíche,
péacann, fréamhaíonn sa ghaoith.
Níl teorainn
le liodán na báistí.

CLÁR NA LÉARÁIDÍ le BERND ROSENHEIM

Der Polnische Schnitter / An spealadóir Polannach 5
Sommer / Samhradh 9
Das Zeichen / An comhartha 15
Monterosso / Monterosso 23
Unter der Kiefer / Faoi bhun na giúise 25
Auf den Tod von V.W. / Ar bhás V.W. 49
Pe-Lo-Thien / Pé-Ló-Tien 59
Die Engel / Na haingil 63
Melpomene / Melpomene 75
Aristeas II / Airistéas II 81
Wintermorgen in Irland / Maidin gheimhridh in Éirinn 85
Friede / Síocháin 89
Die Katze / An cat 95
Entzauberung / Geisbhriseadh 99